STS

山田社

U0080264

STS

山田社

絕對學會

用耳朵代替眼睛 時代來了
·中高階用·

五種特訓 題型

LISTEING

MP3

日語聽力

吉松由美、西村惠子、大山和佳子◎合著

山田社

前言
preface

▲ 日本文化、文學、政治、經濟等有聲書風行,您是否想聽懂!
▲ YouTube 上日本各種有關人生、事業及投資等的名人講座,
您是否想聽懂!
▲ 因新冠肺炎而宅在家工作時間變多,日本最新消息、
各種電視節目,您是否想聽懂!

從看到聽,用耳朵代替眼睛,越來越受歡迎!有聲閱讀在全世界正掀起一場
閱讀新革命。
聽書、聽講座不受時間、環境限制,不傷眼睛。書中配樂、朗讀都很優美。
聽書就是一種享受,聽講座使人生豐富。

想聽得懂,聽力是日語學習大門的金鑰!
本書五種題型「絕對」提升日語聽力,讓您「學會」如何用聽力,來為
自己舖陳嶄新的人生藍圖!

本書是聽懂新聞、日劇、解說、評論等中級程度的日語聽力。以培養聽懂
日本人說話方式,以中級以上為目標的聽力訓練,奠定中級以上聽力基礎的學
習書!

本書【七大特色】，內容精修，全新編排，讓您讀得方便，學得更有效率，聽力實力突飛猛進！

1. 掌握各大題型，聽力實力秒速發揮！

本書網羅了高階日語聽力習題，題型有：「理解課題」、「理解重點」、「概要理解」、「發言表達」及「即時應答」五大題型，為的是讓您摸透日語，讓您在最短的時間內搞定聽力。只要反覆聽、反覆練習，就能練就超強實力！本書與新日檢 N2 考試程度相同，志在參加考試的您，也可以用本書作為練習，讓您讀完就能完美備戰，輕鬆取得 N2 證照！

2. 日籍老師標準發音光碟，反覆聆聽，打造強而有力的「日語耳」！

同一個句子語調不同，意思就不同了。本書附上符合一般語速朗讀的高音質光碟，發音標準純正，幫助您習慣日本人的發音、語調及語氣。希望您不斷地聆聽、跟讀和朗讀，以拉近「聽覺」與「記憶」間的距離，加快「聽覺·圖像」與「思考」間的反應。此外，更貼心設計了「一題一個音軌」的方式，讓您不再面臨一下快轉、一下倒轉，找不到音檔的窘境，任您隨心所欲要聽哪段，就聽哪段！

一題一個
音軌

3. 關鍵破題，逐項解析，百分百完勝日語聽力！

　　獨家解題三步驟，第一步：抓住關鍵句，第二步：進入對話情境，理解對話內容，第三步：靈活思維、逐步解析，讓您聽力實力翻倍！

　　每題一句攻略要點都是重點中的重點，時間緊迫看這裡就對了！抓住重點關鍵句，才是突破聽力的捷徑！練習之前先訓練搜索力，只要聽到最關鍵的那一句，就能不費吹灰之力破解題目！

　　解題攻略言簡意賅，句句都是精華！包含重點單字、重點文法、日本文化、生活小常識，內容豐富多元，聽力敏感度大幅提升！

【第三步】
針對正確及錯誤選項逐步解析

【第二步】
掌握攻略要點

【第一步】
抓住關鍵句

4. 聽覺、視覺、大腦連線！加深記憶軌跡！

本書建議先「聽」題目作答，再「讀」翻譯，接著「思」解題。解題過程中重複「聽、讀」練習，並配合相關知識訓練自己舉一反三，靈活解題，達到「聽」、「讀」、「思」同步連線！配合題目解析，本書貼心整理出重要「單字・文法」註解。最後補充「說法百百種」以及「小知識」，包含慣用語、常用說法、日本文化、常見句型、相關單字等，幫助您撒出記憶巨網，加深記憶軌跡，加快思考力、反應力，全面提升日語實力！

5. 常用句不死背，掌握換句話說提升實戰力！

同一個句子，換個說法就不會了嗎？可怕的「換句話說」是所有學習者的痛點。本書幫您整理出意思相同的幾種說法，讓您的學習不再說一是一，輕輕鬆鬆就能舉一反三，旗開得勝！

・── 小知識

・ 說法百百種

6. 秒速理解「同類語法、慣用語」，大幅提升日語實力！

　　同類語法、慣用語總是搞不清楚嗎？每個用法都好像知道一點，卻又不是完全了解其中的差異嗎？本書將同類型的語法、副詞用法、慣用語、擬聲擬態詞都整理出來了！配合例句應用，讓您一秒了解其中差異，學習不再懵懵懂懂，確實理解才是徹底學會一種語言的關鍵！

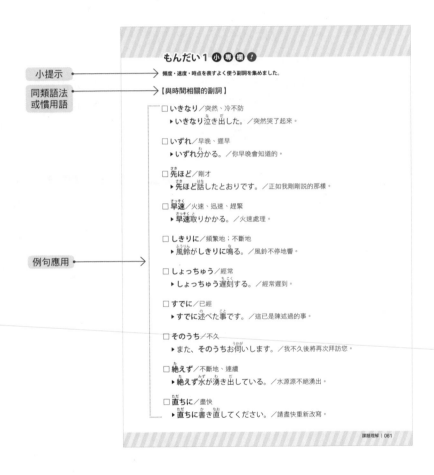

小提示 →

同類語法或慣用語 →

例句應用 →

もんだい1 小專欄！

頻度・速度・時点を表すよく使う副詞を集めました。

【與時間相關的副詞】

□ いきなり／突然、冷不防
　▶ いきなり泣き出した。／突然哭了起來。

□ いずれ／早晚、遲早
　▶ いずれ分かる。／你早晚會知道的。

□ 先ほど／剛才
　▶ 先ほど話したとおりです。／正如我剛剛說的那樣。

□ 早速／火速、迅速、趕緊
　▶ 早速取りかかる。／火速處理。

□ しきりに／頻繁地；不斷地
　▶ 風鈴がしきりに鳴る。／風鈴不停地響。

□ しょっちゅう／經常
　▶ しょっちゅう遅刻する。／經常遲到。

□ すでに／已經
　▶ すでに述べた事です。／這已是陳述過的事。

□ そのうち／不久
　▶ また、そのうちお伺いします。／我不久後將再次拜訪您。

□ 絶えず／不斷地、連續
　▶ 絶えず水が湧き出している。／水源源不絕湧出。

□ 直ちに／盡快
　▶ 直ちに書き直してください。／請盡快重新改寫。

7.「日本人曖昧語特訓班」帶你練成超強日語力！

　　曖昧語是學習日語的一大重點，卻又是讓人最難理解的地方！到底想說「是」還是「否」？到底是「要」還是「不要」。要如何學會理解話語背後真正的意思，「曖昧語特訓班」幫您打穩基礎，從表面的説法到背後的真意，抓出不同情境場景，配合光碟細聽不同語調，讓曖昧語不再是您學習的絆腳石，一躍變成成功的踏板！

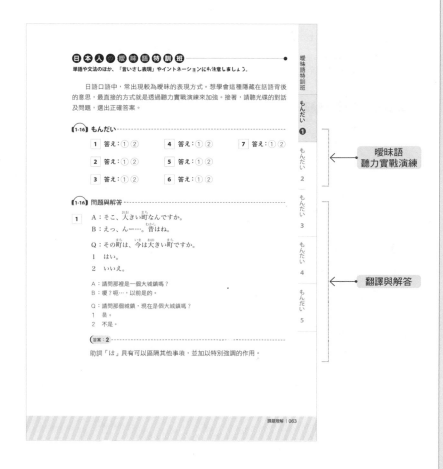

曖昧語
聽力實戰演練

翻譯與解答

目録
contents

問題一

課題理解

もんだい

1

課題理解　問題1　第一回　(1-1)

問題1では、まず質問を聞いてください。それから話を聞いて、問題用紙の1から4の中から、最もよいものを一つ選んでください。

(1-2) 1ばん　【答案跟解説：012頁】　　　答え：① ② ③ ④

1　明日の午前中に、もう一度配達してもらう

2　あさっての午前中に、もう一度配達してもらう

3　コンビニ受け取りにしてもらう

4　男の人に宅配便の営業所に取りに行ってもらう

(1-3) 2ばん　【答案跟解説：015頁】　　　答え：① ② ③ ④

1　ポスターの日付の文字を太くする

2　ポスターのイラストの色を薄くする

3　ポスターの地図を簡単にする

4　ポスターを貼りに行く

模擬試験

もんだい ❶

もんだい 2

もんだい 3

もんだい 4

もんだい 5

(1-4) 3ばん　【答案跟解説：018頁】　答え：① ② ③ ④

1　一日乗車券を買って全部地下鉄で移動する

2　普通の切符を買って全部地下鉄で移動する

3　普通の切符を買って地下鉄と徒歩で移動する

4　全部徒歩で移動する

(1-5) 4ばん　【答案跟解説：021頁】　答え：① ② ③ ④

1　サッカー部の部室に行く

2　井上永吉のライブに行く

3　恵美ちゃんを探しに行く

4　職員室に行く

(1-6) 5ばん　【答案跟解説：024頁】　答え：① ② ③ ④

1　5時

2　5時30分

3　6時

4　6時30分

もんだい1　第1回　第①題 答案跟解說　1-2

家で男の人と女の人が話しています。女の人は宅配便の荷物をどうして
もらいますか。

M：ただいま。これ、ポストに入ってたよ。

F：おかえり。あ、宅配便の通知！通販で買ったＤＶＤが夕方届くこと
　　になってたの、すっかり忘れて出かけちゃった。宅配便の人に悪い
　　ことしちゃったな。

M：もう8時過ぎだから、当日再配達の受付時間も過ぎちゃったね。あさっ
　　ての午前中にもう一度来てもらうしかないね。

F：なんで？明日の午前中でもいいじゃない？

M：明日の午前中はゆり子の学校の授業参観に行くんでしょう？

F：あ、そっか。そのあとは夜までパートだから、それしかないか…。
　　今度からコンビニ受け取りにしてもらおう。

M：もし急ぐなら、明日の帰りに宅配便の営業所に寄ってあげてもいいよ。

F：いいよ。回り道になるから。腐るものでもないし。

女の人は宅配便の荷物をどうしてもらいますか。

【譯】

男士和女士在家裡交談。請問這位女士希望如何處理宅配的包裹呢？

M：我回來了。信箱裡有這張通知喔！

F：你回來啦。啊，這是宅配的通知單！郵購買的DVD預計在下午送來，結果我把這
　　事忘得一乾二淨出門去了，害宅配的送貨員白跑一趟，真是不好意思。

M：現在是八點多了，已經超過當天再次配送的時間。只能請他後天上午再來一趟了。

F：為什麼？請他明天上午送來就行了啊？

M：明天上午不是要去百合子的學校觀摩教學嗎？

F：啊，對喔！觀摩教學結束以後，我就得去打工，直到晚上才回來，看來只好這樣
　　了…。以後郵購東西改成去便利商店取件吧。

M：假如妳急著拿到的話，我明天回家時順便繞去宅配公司的營業據點幫妳取件也可
　　以喔！

F：不用了，這樣還要多繞路。反正也不是生鮮食品。

翻譯與題解

もんだい ❶

もんだい 2

もんだい 3

もんだい 4

もんだい 5

請問這位女士希望如何處理宅配的包裹呢？

1　請宅配公司於明天上午再次送件

2　請宅配公司於後天上午再次送件

3　去便利商店領件

4　請男士到宅配公司的營業據點幫她取件

解題關鍵と訣竅 --- 答案：2

【關鍵句】あさっての午前中にもう一度来てもらうしかないね。

⚠ 攻略要點

　　問題１測驗的是能否判斷出說話者之後應該採取／準備採取的行動。只要學會「しかない（只好）」的文法，即可解答此題。

⚫ 正確答案及說明 ⚫

▶ 正確答案是選項２。對於男士的建議「あさっての午前中にもう一度来てもらうしかないね」，女士原本打算於「明日の午前中」請宅配再次送件，但後來發現該時段需去學校，只好改變主意，回答「それしかないか」。

⚫ 其餘錯誤選項分析 ⚫

▶ 選項１　由於明天上午要去百合子（應該是這兩位的女兒）的學校觀摩教學，所以沒辦法收件。

▶ 選項３　「コンビニ受け取り」是這位女士以後打算採取的方式。

▶ 選項４　男士雖然提議「明日の帰りに宅配便の営業所に寄ってあげてもいいよ」，但是女士回答沒有必要。此外，女士這時說的「いいよ」，唯一可能的解釋是「そうしてもらわなくていい」。如果把「いい」解釋成同意，表示麻煩對方幫忙，前後文就說不通了。如果是真的想請對方幫忙，應該使用「そうしてもらえる？（可以麻煩你幫忙嗎？）」「じゃ、お願い（那，麻煩你了）」。

□ **通知** 通知

□ **通販（通信販売の略）** 郵、網購等

□ **授業参観** 教學觀摩

□ **受け取る** 取（件）

□ **営業所** 營業據點

□ **回り道** 繞路

● 小知識 ●---

　　在日文中，「宅配便（宅配）」是普通名詞，「宅急便」是黑貓大和運輸公司的商標。不過一般人在口語中也經常把其他宅配公司稱作「宅急便」。

　　女士所説的「そっか（對喔）」是由「そうか」變化而來的。

翻譯與題解

もんだい❶

もんだい2

もんだい3

もんだい4

もんだい5

男の学生と女の学生が話しています。男の学生はこのあと何をしなければなりませんか。

M：先輩、すみません。文化祭のポスターのデザインができたんですけど、見ていただけますか。

F：うん、すっきりしててなかなかいいけど…。日付がイラストと重なっちゃっててちょっと読みにくくない？

M：僕も最初そう思ったんですけど、イラストが真ん中にあるほうが全体の印象が強くなるかと思って…。

F：じゃあ、もう少し日付の文字を太くしてみたら？

M：そうですね…。それよりイラストの色をもう少し薄くするのはどうですか。

F：それだとイラストが目立たなくなっちゃうんじゃない？

M：あ、そうか…。分かりました。じゃ、やってみます。

F：それから、地図はこんなに詳しくなくていいよ。どうせ貼るのは学校の周りだけなんだから、もっと簡単なので十分。

M：あ、でも、それは先生のほうから、今年は少し遠くの方まで貼りに行きたいからって言われて、そうしたんです。

F：そうだったの。それならそのままでいいよ。

男の学生はこのあと何をしなければなりませんか。

【譯】

男學生和女學生在交談。請問這位男學生接下來必須做什麼事呢？

M：學姊，不好意思，園遊會的海報設計好了，可以請妳幫我看一下嗎？

F：嗯，整體感覺很清爽，挺不錯的…。日期和圖案重疊了，這樣不太容易辨識吧？

M：我本來也這樣想，可是覺得圖案擺在正中央，看起來的整體印象比較強烈…。

F：那，要不要試著把日期的字體加粗一點？

M：讓我想想…。不如把圖案的顏色刷淡一點，妳覺得如何？

F：那樣的話，圖案不就變得不夠顯眼了嗎？

M：啊，對喔…。我知道了。那，我去改一下。

F：還有，地圖不用畫得那麼詳細啦。反正也只貼在學校旁邊而已，畫個簡單的圖示就夠了。

M：啊，可是，那是老師說今年想要把海報貼到遠一點的地方，所以我才畫詳細一點。

F：原來是這樣喔。既然如此，那保持原樣就好囉。

請問這位男學生接下來必須做什麼事呢？

1　把海報的日期字體加粗

2　把海報的圖案顏色刷淡

3　把海報的地圖改成簡單圖示

4　去貼海報

解題關鍵と訣竅 --（答案：1）

【關鍵句】もう少し日付の文字を太くしてみたら？

　　　　　分かりました。じゃ、やってみます。

！ 攻略要點

從女學生建議「〜してみたら？（要不要試著把…？）」一直到男學生回答「分かりました（我知道了）」，中間還夾著其他的對話。像這種無法直接找到對應答句的對話，是聽力測驗的經典題型。

● 正確答案及說明 ●

▶ 正確答案是選項1。女學生建議「もう少し日付の文字を太くしてみたら？」，但是男學生沒有立刻答應，而是給了另一項提案「それよりイラストの色をもう少し薄くするのはどうですか」。然而當女學生指出「それだと目立たなくなっちゃうんじゃない？」，男學生接受了對方的論點，回答「やってみます」，因此男學生接下來要做的事是把海報的日期字體加粗。

翻譯與題解

もんだい

❶

もんだい

2

もんだい

3

もんだい

4

もんだい

5

● 其餘錯誤選項分析 ●

▶ 選項3 女學生雖然説了「地図はこんなに詳しくなくていいよ」，但是在聽到男學生解釋那是老師的要求之後，就明白了詳圖是必要的，於是告訴他「それならそのままでいい」。

▶ 選項4 張貼海報不是這兩個學生被分配到的工作。

● 單字と文法 ●---

□ **文化祭** 文化祭、園遊會

□ **ポスター**【poster】 海報

□ **日付** 日期

□ **イラスト**【illustration】 圖案

□ **重なる** 重疊

□ **どうせ** 反正

ホテルの部屋で男の人と女の人が話しています。女の人は明日、どんな方法で移動しますか。

M：明日は別行動だよね。僕は一日本屋巡りするけど、君はどこ行くの？

F：ええと、明日はまず最初に浅草に行って、そのあと上野、最後に銀座に行くつもり。

M：全部地下鉄で回るんだよね？それなら、一日乗車券を買ったほうが安いんじゃないかな。ほらこれ、地下鉄が一日何度でも乗り降り自由で一人710円だって。

F：そうねえ、じゃ、ちょっと調べてみるね。もし全部普通の切符で回るとすると、まずここから浅草までは160円、浅草から上野までも160円、そのあと上野から銀座までがこれも160円、それからまたここまで帰ってくるのに160円だから、ええと、全部で640円だね。これなら普通の切符で移動するほうが70円安いよ。

M：でも、一日乗車券があれば何度も切符買わなくてもいいし、途中で気が変わったときもどこでも降りられるから便利なんじゃない？

F：それもそうね。じゃ、そうする。あ、でも、そういえば浅草から上野までは近いから歩いて行けるよね。そうするとまた少し安くなるよ。

M：ええっ。近いっていっても歩くとけっこうあるよ。暑いからやめたほうがいいよ。

F：そう？じゃ、やめた。

女の人は明日、どんな方法で移動しますか。

【譯】

男士和女士在旅館的房間裡交談。請問這位女士明天會採用什麼交通方式呢？

M：明天我們各走各的。我一整天都要逛書店，妳打算去哪裡？

F：我想想，…我打算明天第一站先去淺草，接著是上野，最後再去銀座。

M：妳從頭到尾都會搭地鐵吧？既然如此，應該買張一日票比較便宜喔。妳看這裡也寫了：每張票710日圓，一天之內可不限次數搭乘。

翻譯與題解

もんだい ❶

もんだい 2

もんだい 3

もんだい 4

もんだい 5

F：有道理，那，我算一下。假如每一趟搭車都買單程票的話，從這裡到淺草是160日圓，從淺草到上野也是160日圓，再從上野到銀座同樣是160日圓，最後回到這裡一樣是160日圓，我看看喔，加起來總共是640日圓。這樣的話，買單程票會便宜70日圓耶！

M：可是，只要手裡有一張一日票，就不用一直跑去買車票了，萬一中途改變主意，也可以隨時隨地下車，那樣不是方便多了？

F：這樣講也對。那，就買一日票吧。啊，不過，從淺草到上野很近，應該可以走得到吧？這樣的話又可以省一段票了呀！

M：天啊！雖說不遠，可是走起來還是有一大段距離耶！天氣這麼熱，不要用走的吧。

F：是哦？那就算了。

請問這位女士明天會採用什麼交通方式呢？

1　買一日票，全程搭地鐵　　　　2　買單程票，全程搭地鐵

3　買單程票，搭地鐵和步行　　　4　全程步行

 解題關鍵と訣竅 -- 答案：1

【關鍵句】でも、一日乗車券があれば何度も切符買わなくてもいいし、途中で気が変わったときもどこでも降りられるから便利なんじゃない？
　　　　　じゃ、そうする。

！ 攻略要點

　　首先將答案選項瀏覽一遍，掌握「一日乗車券／普通の切符（一日票／單程票）」、「地下鉄／徒歩（地鐵／步行）」這幾個關鍵字。聽到「じゃ、そうする（那，就買一日票吧）」以為已經找到答案了，卻又出現「あ、でも（啊，不過）」的字句。這一題雖然最後沒有採用「あ、でも（啊，不過）」之後出現的主意，但是聽力測驗有時會以後續出現的想法作為最終結論。因此，仍然必須了解整段對話。

⬤ 正確答案及說明 ⬤

▶ 正確答案是選項1。女士一開始認為每一趟搭車都買單程票的話，加總起來是640日圓，比買一日票便宜70日圓，但是後來聽取了男士的建議「一日乗車券があれば何度も切符買わなくてもいいし、途中で気が変わったときもどこでも降りられるから便利なんじゃない？」，於是決定買一日票。

▶ 選項 3　原本打算全程搭地鐵，又想到「浅草—上野」這一段或許可以採用步行方式，如此一來即可再省一段車資，但最終仍是作罷。

▶ 選項 4　從頭至尾都沒有討論過「全程步行」這個方案。

◔ 單字と文法 ◔

□ 別行動（べっこうどう）　各別行動
□ ～巡り（めぐ）　逛…、遊覽…
□ 一日乗車券（いちにちじょうしゃけん）　一日票

□ ほら　看、瞧（提示他人注意某事物）
□ ～とすると　…的話（表示假定）
□ 気が変わる（きかわ）　改變主意

◔ 說法百百種 ◔

▶ 描述附近場所的說法

住宅地（じゅうたくち）なんだけど、緑（みどり）が多（おお）いですね。
／這裡雖然是住宅區，公園綠地還真不少呢。

うちは幼稚園（ようちえん）に近（ちか）いわけじゃないんです。子（こ）どもの足（あし）で30分（ぷん）ぐらいですね。／我家離幼稚園並不近，小朋友大約要走 30 分鐘吧。

A：建物（たてもの）の屋上（おくじょう）が庭（にわ）になっていて、ちょっと珍（めずら）しいですよね。
B：そうでしたね。びっくりしましたよ。
／A：把屋頂打造成庭園還真特別，您說是吧？
／B：就是說呀，我吃了一驚呢。

◔ 小知識 ◔

　　東京的地下鐵由兩個事業體負責營運，分別是「東京メトロ（東京 METRO）」和「都営地下鉄（都營地下鐵）」。本題對話中提到的「一日乗車券（一日票）」是指東京メトロ發行的票券。若是兩種事業體通用的一日票則為一千日圓（2014年 5 月票價）。

女子高校生と男子高校生が話しています。女子高校生はこのあとまずどうしますか。

F：あ、中島君。まだ部活行ってなくてよかった。今からサッカー部の部室に探しに行こうと思ってたんだ。

M：あ、小山さん。僕もちょうど探してたとこ。

F：何？

M：明日の井上永吉のライブのチケット、親戚にもらったんだけど、いらない？僕、別にファンっていうわけじゃないから。ただでいいよ。

F：本当？いいの？私、売り切れで買えなかったんだ。ありがとう。

M：じゃ、これ。2枚あるから。誰か一緒に行ける人探して行きなよ。

F：えっ、2枚もくれるの！ほんとにありがとう。じゃ、恵美ちゃんに聞いてみるね。明日のライブだから、すぐ聞きに行かなきゃ。バイバイ！

M：あれ、僕に何か用じゃなかったの？

F：あ、そうだ、忘れてた。阿部先生がね、何か急ぎの用があるみたいで、部活が始まる前に職員室に来てほしいって。

M：ふうん。何だろう…？うん、分かった。じゃ。

女子高校生はこのあとまずどうしますか。

【譯】

女高中生和男高中生在交談。請問這位女高中生接下來最先採取行動是什麼？

F：啊，中島！幸好你還沒去社團。我正打算去足球社的社辦去找你耶！

M：啊，小山！我也正好要找妳！

F：找我什麼事？

M：我有明天的井上永吉演唱會門票，是親戚給我的，妳要不要？反正我不是他的歌迷。送妳，不用給我錢。

F：真的假的？可以嗎？門票早就賣光了，我根本搶不到。謝謝你！

M：喏，給妳。有兩張。妳找個人陪妳去聽吧。

F：哇！你要給我兩張？真是太感激了！那我去問問惠美囉。演唱會就在明天，得馬上去問她才行。掰掰！

M：咦，妳不是有事要找我？

F：啊！對喔，我忘了。阿部老師好像有急事找你，要你去社團之前先去教師辦公室找他。

M：哦？什麼事找我啊…？嗯，我知道了。走囉。

請問這位女高中生接下來最先採取行動是什麼？

1　去足球社的社團辦公室　　　　2　去井上永吉的演唱會

3　去找惠美　　　　　　　　　　4　去教師辦公室

解題關鍵と訣竅 --- 答案：3

【關鍵句】じゃ、恵美ちゃんに聞いてみるね。…、すぐ聞きに行かなきゃ。

攻略要點

　　問題1測驗的是對話中的人物接下來應該採取／準備採取的行動，因此必須留意「～なければならない（非得…才行）」、「～たほうがいい（要…才好）」等等，以及表示時間的「まず（首先）」、「すぐ（立刻）」、「先に（先去）」之類的關鍵字詞。

正確答案及說明

▶ 正確答案是選項3。女高中生説「すぐ聞きに行かなきゃ」，也就是去問惠美。「すぐ聞きに行かなきゃ」句中的「行かなきゃ」是「行かなければ」的口語縮約形，並且省略了後續的部分。聽力考試時必須習慣一般口語用法。

其餘錯誤選項分析

▶ 選項1　雖然女高中生原本打算去足球社的社團辦公室，但因已經見到男高中生中島，所以就不必去了。

▶ 選項2　井上永吉的演唱會是明天才去。在參加演唱會之前，要先找和她一起去的人。

▶ 選項4　要去教師辦公室的人是男高中生。

翻譯與題解

もんだい

❶

もんだい

2

もんだい

3

もんだい

4

もんだい

5

🌑 **單字と文法** 🌑 --

□ 部活（部活動の略）社團

□ 〜とこ（「〜ところだ」の省略形）
　　剛要…、正要…

□ 親戚 親戚

□ ただ 免費

□ 売り切れ 賣光

□ 【動詞ます形】＋なよ（「なさい」
　　の省略形の「な」＋終助詞「よ」）
　　溫和的命令語氣，含勸誘之意

家で男の人と女の人が話しています。男の人は明日の朝、何時の電車に乗りますか。

M：明日は朝一番の電車に乗るからね。

F：朝一番って5時でしょう？もうちょっとゆっくり出かけたら？

M：でも、7時までには山田駅に着きたいから。そうすると、これしかないよ。

F：もう少し遅いのはだめなの？

M：僕だって、できるものなら朝はもう少し寝ていたいけど。6時までは30分に1本しかないから、次のだとぎりぎりになっちゃうよ。

F：大原まで特急で行っちゃって、そこから逆に普通電車で山田にもどってくれば？その方が早く着くかもよ。

M：じゃ、調べてみるね。特急は6時が最初だから、それに乗ると6時半に大原に着く。そこから山田駅に戻ると…やっぱり7時には間に合わないよ。5時のが一番安全だよ。

F：じゃあ、せめて1本遅いのにしてよ。私も朝ごはんのしたくするのに起きなくちゃならないんだから。

M：うーん、そうするとぎりぎりになるけどなあ。まあ、いいや。

男の人は明日の朝、何時の電車に乗りますか。

【譯】

男士和女士在家裡交談。請問這位男士明天早上要搭幾點的電車呢？

M：我明天早上要搭第一班電車喔。

F：早上第一班車不是5點嗎？要不要晚一點出門呀？

M：可是，我想在7點之前到達山田站。這麼一來，只能搭第一班車才來得及啊。

F：再晚一點的班次不行嗎？

M：如果可以的話，我也想多睡一會兒；可是在6點之前，每隔30分鐘才發一班車，所以如果搭下一班的話，時間就太趕了。

F：你要不要先搭特急列車到大原，然後再搭反向的普通電車往回到山田？說不定這樣還比較快喔。

M：那，我查查看吧。特急列車最早是6點發車，搭這班會在6點半到達大原。接下來再往回搭到山田站…，這樣還是趕不及7點到達耶。我看還是搭5點那班最保險了。

翻譯與題解

もんだい

❶

もんだい
2

もんだい
3

もんだい
4

もんだい
5

Ｆ：不然，至少搭晚一班的車嘛。我也得跟著起床張羅早餐才行耶！

Ｍ：唔…，這樣時間很趕哩。算了，就這樣吧。

請問這位男士明天早上要搭幾點的電車呢？

1　5點

2　5點30分

3　6點

4　6點30分

 解 題 關 鍵 と 訣 竅--（答案：2）

【關鍵句】6時までは30分に1本しかない…。

せめて1本遅いのにしてよ。

> ! **攻略要點**
>
> 　　到了Ｎ2級的測驗，越來越不容易直接找到答案。必須要把分散在各處的資訊一一彙整起來，才能分析出答案。

● **正確答案及說明** ●

▶ 正確答案是選項2。男士一開始打算搭5點的電車，後來決定按照女士的提議「せめて1本遅いのにしてよ」。由於「6時までは30分に1本しかない」，於是改搭下一班的5點30分班次電車。

● **單字と文法** ●--

□ **朝一番** 早上第一個

□ **ゆっくり** 慢慢地

□ **〜ものなら** 如果能…的話

□ **〜本** …班（電車、公車等）

□ **逆** 反向

□ **せめて** 至少

▶ 搭電車時常用的說法

山中から北野まで40分ぐらいだから、12時に間に合う電車は何時かな。
／從山中到北野要花40分鐘左右，所以該搭幾點的電車才趕得及12點到呢？

11時59分着だと、乗り換えに1分しかないから、危ないかもしれない。／如果是11點59分抵達，那麼換車時間只有一分鐘，恐怕會來不及。

これは11時52分に北野に着くから、ちょうどいいんじゃない？
／這班車可以在11點52分到達北野站，時間上剛剛好吧？

もんだい１ 小 專 欄 ！

口語でよく出てくる発音の変化や音の脱落、省略形を集めました。

【口語縮約形與發音變化１】

☐ 〜てる／（正）在…
　▸ 何をしてるの？／你在做什麼？

☐ 〜ちゃう／…完、…了
　▸ 夏休みが終わっちゃった。／暑假結束囉。

☐ 〜じゃう／…完、…了
　▸ うちの犬が死んじゃったの。／我家養的狗死掉了。

☐ 〜じゃ／「では」的縮略形
　▸ あれ、ユイちゃんじゃない？／咦，那不是結衣嗎？

☐ 〜んだ／表示説明或説話人主張、決心
　▸ 今から出かけるんだ。／我現在正要出門。

☐ 〜の？／表示疑問
　▸ どこから来たの？／從哪裡來的呢？

☐ 〜なきゃ／必須、不能不
　▸ これ、今日中にしなきゃ。／這個非得在今天完成不可！

☐ 〜なくちゃ／必須、不能不
　▸ 頑張らなくちゃ。／我得加油才行！

☐ 〜てく／表示動作離説話人越來越遠地移動或改變
　▸ 車で送ってくよ。／我開車送你過去吧！

☐ 〜とく／表示先做準備，或動作完成後留下的狀態
　▸ 僕のケーキも残しといてね。／記得也要幫我留塊蛋糕喔！

課題理解　問題1　第二回　　🎧 1-1

問題1では、まず質問を聞いてください。それから話を聞いて、問題用紙の1から4の中から、最もよいものを一つ選んでください。

🎧 1-7 **1ばん**　【答案跟解説：030 頁】　　　　答え：① ② ③ ④

1　4,000 円の本

2　3,500 円の本

3　3,000 円の本

4　ネットで注文するのはやめる

🎧 1-8 **2ばん**　【答案跟解説：033 頁】　　　　答え：① ② ③ ④

1　月曜日

2　火曜日

3　水曜日

4　木曜日

(1-9) 3 ばん　【答案跟解説：036 頁】　　答え：① ② ③ ④

1　10枚

2　20枚

3　30枚

4　40枚

(1-10) 4 ばん　【答案跟解説：039 頁】　　答え：① ② ③ ④

1　午前7時頃

2　午前9時頃

3　午前10時頃

4　午後4時頃

(1-11) 5 ばん　【答案跟解説：042 頁】　　答え：① ② ③ ④

1　午後1時から3時の間はなるべく外出をやめる

2　今すぐ、服についた花粉をよく払い落とす

3　ポリエステルのスーツを探す

4　花粉防止用のカバーがついた眼鏡をかける

もんだい1　第2回　第①題 答案跟解説　　(1-7)

家で男の人と女の人が話しています。女の人はどの本を注文しますか。

F：ねえ、ネットで古本注文したいんだけど、いくつか出品されてるから一緒に見てくれる？ネットで本買うのって初めてだからちょっと心配なんだ。古本だとどんな状態か分からないじゃない？

M：出品者のリストに本の状態が書いてあるでしょ。「良い」とか「非常に良い」とか。

F：じゃ、これなんか「ほぼ新品」ってなってるから、これ買えば心配ないのかな？でも、これ4,000円だから、この中でいちばん高いんだよね。ほんとに新品みたいならこの値段でもかまわないんだけど。

M：こっちのはどう？状態は「非常に良い」で値段は3,500円だよ。

F：それならこっちに同じ「非常に良い」で、値段が3,000円のがあるよ。こういう場合ってやっぱり値段が高い方が状態がいいのかな。500円ぐらいの差だったら、状態がいいの買うんだけど…。どれにすればいいか迷っちゃう。やっぱりネットじゃなくて古本屋さんで探そうかな。

M：送料はどうなってるの？

F：みんな同じ、380円だよ。

M：あっ、今4,000円以上買うとキャンペーンで送料無料って書いてあるよ。それに、3,000円以下だと送料のほかに手数料も150円かかるって。これなら、「ほぼ新品」のがいいんじゃないの。

F：ほんとだ。ありがとう、気づかなかったよ。じゃ、そうする。

女の人はどの本を注文しますか。

【譯】

男士和女士在家裡交談。請問這位女士要訂購哪一本書呢？

F：欸，我想在網路上買一本二手書，可是好幾個賣場都在賣這本書，你可以幫我一起看看嗎？這是我第一次在網路買書，有點不放心。既然是二手書，就不曉得書況好不好呀？

M：賣場會在說明列中標明書況啊。比如「佳」或是「極佳」之類的。

F：那，這裡有一個寫的是「幾乎全新」，只要買這本就不必擔心了吧？可是，這本

翻譯與題解

もんだい

❶

もんだい
2

もんだい
3

もんだい
4

もんだい
5

要4,000日圓，是裡面最貴的一本耶。雖然假如確實和新書一樣，以這個價格買也無所謂就是了。

М：妳看這一本怎麼樣？書況「極佳」、價錢3,500日圓喔。

Ｆ：如果要挑這本，這邊還有一個同樣是「極佳」，但價格只要3,000日圓的呀。像這種情形，是不是越貴的品相越好呢？如果只差區區500日圓，我想買品相比較好的耶…。實在不曉得該怎麼選才好。還是我不該在網路上買，直接去舊書店找呢？

М：運費怎麼算？

Ｆ：每一個賣場都一樣，380日圓。

М：啊，這上面寫著優惠活動，現在購買滿4,000日圓即可免運費喔！而且，如果是3,000日圓以下，除了運費之外，還要加計150日圓手續費。這樣的話，我看就挑「幾乎全新」的吧。

Ｆ：真的耶！謝謝你，我沒看到這個訊息呢。那，就這個了。

請問這位女士要訂購哪一本書呢？

1　4,000日圓的書
2　3,500日圓的書
3　3,000日圓的書
4　不在網路訂購書籍

解題關鍵と訣竅

（答案：1）

【關鍵句】「ほぼ新品」のがいいんじゃないの。
　　　　　じゃ、そうする。

攻略要點

　　男士最後的對話裡出現了「キャンペーン（優惠活動）」、「手数料（手續費）」等單字，如果不了解這些單字的意思，就不曉得為什麼要挑「ほぼ新品（幾乎全新）」這一本。不過，即使不知道理由，只要掌握了「最後決定選擇『ほぼ新品』」這個關鍵和它的價格，就能選出答案。

正確答案及說明

▶ 正確答案是選項1。這兩位的談話中出現「『ほぼ新品』のがいいんじゃないの」、「そうする」。

▶ 「ほぼ新品」這本是 4,000 日圓。順帶一提,4,000 日圓的書只需支付商品費,無須其他費用;3,500 日圓的書需另計運費,所以合計 3,880 日圓;3,000 日圓的書,還需加計運費 380 日圓和手續費 150 日圓,因此合計 3,530 日圓。由於女士的想法是「500円ぐらいの差だったら、状態がいいの買う」,因此以上述金額差距皆在其容許範圍之內來做判斷,與其挑選「非常に良い」的書,不如挑「ほぼ新品」這一本。

🔵 單字と文法 🔵 --

- □ 古本（ふるほん） 二手書
- □ ほぼ 幾乎、大致上
- □ 新品（しんぴん） 新貨
- □ かまわない 無所謂
- □ 差（さ） 差、差額
- □ 気（き）づく・気（き）がつく 發覺、意識到

🔵 說法百百種 🔵 --

▶ 線上購物時常用的說法

『らんらん』2017 年（ねん）3 月号（がつごう）を探（さが）していますが、御社（おんしゃ）の在庫（ざいこ）にありますか。／我想買《RANRANN》雜誌 2017 年 3 月號,請問貴公司有庫存嗎?

色（いろ）がホームページで見（み）た印象（いんしょう）と違（ちが）っていますので、返品（へんぴん）したいと思（おも）います。／因為顏色與網頁上看到的感覺不一樣,所以想退貨。

2 月 3 日（がつみっか）に注文（ちゅうもん）した商品（しょうひん）が、2 週間（しゅうかん）経（た）ったのにまだ届（とど）きません。／2 月 3 號訂購的商品過了兩個星期都還沒有收到。

もんだい1　第2回　第❷題 答案跟解說

翻譯與題解

もんだい❶

もんだい2

もんだい3

もんだい4

もんだい5

1-8

会社で男の人と女の人が話しています。ミーティングは何曜日になりましたか。

M：すみません。木曜日のミーティングの件なんですが、ちょうど同じ時間に取引先との打ち合わせが入っちゃったんです。今から時間を調整していただくことはできますか。

F：私はかまいませんよ。3時以降ならいつでも時間取れますから。

M：そうですか？じゃあ、水曜の3時でお願いできますか？

F：水曜というとあさってね。私はかまわないけど、谷口さんと伊藤さんにも聞いてみないと。

M：あ、二人にはもう聞いてあるんです。谷口さんは月、水、木がよくて、伊藤さんは午後ならいつでもいいということでしたので、あさっての3時がいちばん都合がいいかと…。

F：あ、ちょっと待って。たしかあさっての午後はお客さんが来るから会議室使えないはずよ。でも、明日の3時にすると谷口さんが空いてないんだよね？じゃあ、ちょっと急だけど今日の3時でどう？それなら会議室も空いてるし。

M：でも、それだとミーティングに使う資料の作成が間に合いません。

F：そう。じゃ、しかたないから資料室を使いましょう。ちょっと狭いけど、片付ければ4人なら座れるから。

M：分かりました。二人にもそのように伝えておきます。

ミーティングは何曜日になりましたか。

【譯】

男士和女士在公司裡交談。請問會議訂在星期幾舉行呢？

M：不好意思，關於星期四的會議，剛好同一時段有客戶來約了談事情，可以現在和您改約其他時間開會嗎？

F：我這邊無所謂呀。只要是3點以後，隨時都有空。

M：這樣嗎？那麼，星期三的3點可以嗎？

F：星期三就是後天吧。我這邊可以，但是還得問問谷口先生和伊藤小姐他們的行程。

M：啊，他們兩位我已經問過了。谷口先生是星期一、三、四可以，伊藤小姐是下午時段統統可以，所以他們說，選在後天下午3點最方便…。

F：啊，等一下。我記得後天下午有客戶要來，所以沒辦法用會議室喔。可是，如果是明天3點，谷口先生沒空對吧？那，雖然趕了一點，就訂今天3點如何？那樣的話就有會議室可用了。

M：可是，那樣的話就來不及製作開會時要用的資料了。

F：是喔。那，沒辦法了，就用資料室吧。雖然小了一點，只要收拾一下，應該夠四個人坐吧。

M：我知道了。我會去轉告其他兩位的。

請問會議訂在星期幾舉行呢？

1 星期一
2 星期二
3 星期三
4 星期四

解題關鍵と訣竅 -------------------------------- 答案：3

【關鍵句】谷口さんは月、水、木がよくて、伊藤さんは午後ならいつでもいいということでしたので、あさっての3時がいちばん都合がいいかと…。

じゃ、しかたないから資料室を使いましょう。

! 攻略要點

乍看之下以為問的是「何曜日（星期幾）」、「何時（幾點）」，實際上「どこ（哪裡）」才是能找到這題答案的關鍵所在。這一題是挑戰既定觀念和盲點的題型。

● 正確答案及說明 ●

▶ 正確答案是選項3。從「水曜日というとあさってね」這句可以推論今天是星期一。原本訂定的開會日期是星期四，但是現在必須要異動時間。如果訂在今天星期一，由於「ミーティングに使う資料の作成が間に合いません」所以不行；若是訂在星期二，谷口先生的行程無法配合；星期三的話，雖然無法使用會議室，但是可以在資料室開會。

翻譯與題解

もんだい ❶

もんだい 2

もんだい 3

もんだい 4

もんだい 5

單字と文法

- □ 打ち合わせ 碰面商量
- □ （予定が）入る 排入（預定行程）
- □ 調整 調整、調動
- □ （時間を）取る 擠出（時間）
- □ 〜というと 你說…
- □ 作成 製作
- □ しかた（が）ない 沒辦法

說法百百種

▶ 會議相關的說法

> 今日の午後の会議に間に合うように、昨日送ったんだけど、間違って違う書類を送っちゃったみたい。
> ／為了趕上今天下午的會議，昨天就已經把資料寄過去了，但是好像送錯文件了。

> 大橋さんが明日の会議に出席されるかどうか伺っておくように、芝田さんから言われたんですけど。
> ／芝田先生交代了先去請教大橋先生會不會出席明天的會議。

> とにかく、本社に電話して、事情を話した方がいいんじゃない？
> ／總之，先打電話到總公司，把來龍去脈解釋清楚比較好吧？

家で男の人と女の人が話しています。男の人は年賀はがきを全部で何枚買いますか。

M：そろそろ年賀状書かないことには、元日に間に合わないな。出かけるからついでに年賀はがき買ってくるよ。僕の分は 30 枚買うけど、そっちは何枚ぐらいいる？

F：年賀状ねえ。今年は出すのやめようかな。

M：ええっ、出さないつもり？

F：そうじゃなくて、メールでいいかなと思って。今年のお正月に私に来たのも、はがきは 2、3 枚で、あとはみんなメールだったし。

M：友達に出す分にはメールでもかまわないと思うけど、目上の人にはそれじゃ失礼なんじゃないの？

F：それもそうか。そしたら私は 7、8 人かな。ちょっと多めに 10 枚買って来て。

M：分かった。

F：あなたも友達にはメールにすれば？そしたら、あなたも 10 枚も買えば足りるんじゃない？

M：僕は全部はがきにするよ。自分だってメールよりはがきでもらうほうがありがたいからね。くじもついてるし。

男の人は年賀はがきを全部で何枚買いますか。

【譯】

男士和女士在家裡交談。請問這位男士總共要買幾張賀年卡呢？

M：算算時間該買賀年卡了，否則來不及趕在元旦寄達囉。我要出門，順便去買賀年卡。我這邊要買30張，妳那邊大概要幾張？

F：賀年卡喔…，今年就算了吧。

M：嘎？妳不打算寄嗎？

F：不是不寄，而是在想是不是寄電子賀卡就好。今年過年的時候，我收到的賀年卡也只有兩、三張，其他都是電子賀卡嘛。

M：我想，寄給朋友的或許用電子賀卡就行，可是寫電子賀卡給長輩未免不太禮貌吧？

翻譯與題解

もんだい

❶

もんだい

2

もんだい

3

もんだい

4

もんだい

5

Ｆ：你說的也有道理。這樣的話，我這邊有七、八個人吧，抓鬆一點幫我買個10張。

Ｍ：知道了。

Ｆ：你要不要也寫電子賀卡給朋友就好？那樣你也買10張就夠了吧？

Ｍ：我要全部都寄賀年卡喔。比起電子賀卡，我自己也是收到實體賀卡比較高興，況且還可以抽獎。

請問這位男士總共要買幾張賀年卡呢？

1　10張

2　20張

3　30張

4　40張

解題關鍵と訣竅　──────────────────────────── 答案：4

【關鍵句】僕の分は30枚買うけど、…。

僕は全部はがきにするよ。

10枚買って来て。

> **攻略要點**
>
> 　　由於題目問的是「全部で（總共）」，因此大概需要計算。從兩人一開始估計的張數就必須開始留意後續有沒有改變。從對話裡提到各個數字中，挑出有用的數字出來加總。像這樣迂迴曲折的問題，必須了解整體對話內容。

● 正確答案及說明 ●

▶ 正確答案是選項 4。男士先説「僕の分は30枚買う」，女士説如果都寄電子賀卡給朋友，那麼「10枚も買えば足りるんじゃない？」，但是男士回答「僕は全部はがきにするよ」，表示他一開始決定要買的30張，這個數字並沒有改變；而女士請他順便「10枚買って来て」，於是總計買40張。

● 單字と文法 ●--

□ 年賀状（ねんがじょう） 賀年卡

□ ～ないことには 如果不…就…

□ ついで 順便

□ 分（ぶん）（某人的）份

□ ～め 前接形容詞語幹，表示某種性質
　或傾向

□ ありがたい 值得感謝的

● 小知識 ●--

　　在日本，每當寫賀年卡的季節到來，「日本郵便株式会社（日本郵政股份有限公司）」就會發行繪有隔年生肖等吉祥圖案的特別版賀年明信片。這種賀年卡可參加抽獎活動，收到賀年卡的人如果中獎就能領到獎品。

もんだい1　第2回　第❹題 答案跟解説　1-10

翻譯與題解

もんだい❶

もんだい2

もんだい3

もんだい4

もんだい5

家で男の人と女の人が話しています。男の人は日本時間の何時頃に電話をかけますか。

M：ねえ、今日は理恵の誕生日だよ。電話しようよ。

F：でも、今こっちが朝7時だから、ロサンゼルスは午後2時よ。まだ授業が終わってないわ。

M：え、土曜日だから学校休みでしょ？

F：ロサンゼルスは日本より17時間遅いって言ったでしょう？だから今向こうはまだ金曜の午後なの。でも、金曜日はたしか授業が早く終わるから4時には寮に帰ってるはずね。で、そのあと6時からバイトに行くはずだから向こうの午後5時頃に電話したらいいんじゃない？

M：向こうの午後5時だとこっちは…。

F：朝の10時ね。あと3時間。あ、そうだ。今月から向こうはサマータイムだから1時間足さなきゃいけないんだった。こっちの朝10時だと向こうは夕方6時になっちゃうから、9時には電話しないと。

M：でも、考えてみたら、それだと向こうはまだ誕生日になってないんだよね。それならこっちの夕方4時頃に電話するほうがいいか。そうすればちょうど向こうも日付が変わる頃でしょ。

F：でも、そんな遅くに電話したら、理恵はともかくルームメートに迷惑よ。

M：ああ、そうか。じゃ、やっぱり、バイトに行く前にしよう。

男の人は日本時間の何時頃に電話をかけますか。

【譯】

男士和女士在家裡交談。請問這位男士會在日本時間的幾點左右打電話呢？

M：欸，今天是理惠的生日吧？打個電話給她啦。

F：可是，現在是早上7點，洛杉磯那邊是下午2點唷，這時間她還沒下課呢。

M：嘎？今天是星期六，學校沒上課吧？

F：我不是告訴過你，洛杉磯比日本慢17個小時嗎？所以現在那邊還是星期五的下午。不過，我記得她星期五的課比較早結束，應該4點就會回到宿舍了。然後，接下來應該從6點開始要去打工，所以在那邊的下午5點左右打電話過去應該正好吧？

M：那邊的下午5點，也就是這邊的…。

F：早上10點呀。還有3個鐘頭。啊，對了！從這個月開始，那邊開始實施夏季節約時間，所以要再加上1個小時才對。這邊的早上10點等於那邊的傍晚6點，所以9點就得打給她了。

M：可是仔細想想，那時間打給她還沒到她的生日哩。這樣不如我們這裡的傍晚4點左右打給她比較好吧。這樣的話，剛好她那邊過了半夜十二點囉！

F：可是，那麼晚打電話，就算理惠還沒睡，也會吵到她室友呀！

M：啊，對喔。那，還是挑她還沒去打工之前打給她吧。

請問這位男士會在日本時間的幾點左右打電話呢？

1　上午7點左右

2　上午9點左右

3　上午10點左右

4　下午4點左右

解 題 關 鍵 訣 竅 --（答案：2）

【關鍵句】今月から向こうはサマータイムだから1時間足さなきゃいけないんだった。こっちの朝10時だと向こうは夕方6時になっちゃうから、9時には電話しないと。

! 攻略要點

　　雖然測驗的是時差問題，而且還出現了夏季節約時間，看起來很難解題，不過對話中已經很貼心地告知了洛杉磯的幾點是日本的幾點，應該比較容易作答。

正確答案及說明

▶ 正確答案是選項2。實施夏季節約時間的期間，由於日本的上午9點是那邊的下午5點，對理惠小姐而言也是最方便接電話的時間。

翻譯與題解

もんだい❶

もんだい2

もんだい3

もんだい4

もんだい5

🔵 其餘錯誤選項分析 🔵

▶ 選項 1　上午 7 點就是現在。日本雖是星期六，但洛杉磯還是星期五，後來男士得知理惠小姐還沒回到宿舍，因而作罷。

▶ 選項 3　起初雖想要在上午 10 點打電話給她，但是從這個月起實施夏季節約時間，因此那邊就是傍晚 6 點，然而那是理惠小姐要去打工的時間了。

▶ 選項 4　在理惠小姐所在地的洛杉磯，這個時間還不是理惠小姐的生日。那邊要等到日本時間的下午 4 點，才會過了午夜變成星期六。然後，男士接受了女士的意見「そんな遅くに電話したら、理惠はともかくルームメートに迷惑よ」，因而作罷了。

🔵 單字と文法 🔵 --------------------------------

□ ロサンゼルス【Los Angeles】洛杉磯
□ 寮（りょう）宿舍
□ バイト（アルバイトの略（りゃく））【arbeit】打工

□ サマータイム【summer time】夏令時間
□ 遅（おそ）く 很晚的時刻
□ 〜はともかく 姑且不管…

🔵 說法百百種 🔵 --------------------------------

▶ 有關時差的說法

私（わたし）、外国（がいこく）へ行（い）くのは好（す）きなんですけど、時差（じさ）がつらいんですよ。
／雖然我很喜歡出國，但總是飽受時差之苦呀。

私（わたし）はわりと時差大丈夫（じさだいじょうぶ）ですよ。
／時差對我倒是沒有太大的影響喔。

向（む）こうは日本（にほん）より 2 時間遅（じかんおく）れているから、今午後（いまごご） 5 時（じ）かな。
／那邊比日本晚 2 個小時，所以現在應該是下午 5 點吧。

会社で男の人と女の人が話しています。男の人はこのあと花粉症対策の
ために何をしますか。

M：（くしゃみの音）

F：ひどいくしゃみね。もしかして花粉症？

M：そうなんです。くしゃみやら鼻水やら、ほんとに大変で。

F：あ、そういえば、この前テレビで言ってたんだけど、午後1時から
　　3時の間がいちばん花粉が多く飛ぶから、その間はなるべく外出し
　　ないほうがいいそうよ。

M：でも、僕は外回りの仕事だから…。

F：それもそうね…。外から帰ってきたら、髪の毛や服についた花粉を
　　よく払い落としてから中に入るといいらしいけど…、あなたのスー
　　ツ、もしかしてウールじゃない？ ウールは花粉がいちばんつきやす
　　いらしいよ。ポリエステルのほうが簡単に払い落とせるって。

M：でも、ポリエステルのスーツってなんだか安っぽい感じがして嫌な
　　んですよね。

F：最近は品質がだいぶ良くなったから、そんなことないよ。

M：そうですか。じゃあ、帰りに店に寄って見てみることにします。

F：花粉防止のカバーがついた眼鏡もあるらしいよ。

M：それは僕もかけてみたんですけど、今まで眼鏡かけたことがないから、
　　なんだか慣れないんですよね。でも、ありがとうございます。いい
　　こと教えていただきました。

男の人はこのあと花粉症対策のために何をしますか。

【譯】

男士和女士在公司裡交談。請問這位男士接下來會採取什麼行動以對抗花粉熱呢？

M：（打噴嚏貌）

F：你怎麼拚命打噴嚏呀？該不會是花粉熱吧？

M：就是花粉熱啊。不但打噴嚏還會流鼻水，真是難受極了。

F：啊，對了，我上次看電視節目介紹過，下午1點到3點之間是花粉濃度最高的時
　　段，聽說那個時段盡量不要外出比較好喔。

翻譯與題解

もんだい

❶

もんだい

2

もんだい

3

もんだい

4

もんだい

5

M：可是，我的工作就是要跑外務…。

F：這麼說也是啦…。還聽說從外面回到室內的時候，要先把沾在頭髮和衣服上的花粉統統拍掉再進到房子裡，那樣有助於減輕症狀…，你的西裝，該不會是羊毛布料吧？聽說羊毛是最容易沾染花粉的喔！如果換成化學纖維材質的，一下子就能拍乾淨了。

M：可是化學纖維的西裝看起來很廉價，我很討厭耶！

F：最近的技術品質提升不少，不會有廉價感了喔。

M：這樣喔。那麼，我回去的時候去服飾店看一看。

F：聽說具有隔離花粉功用的護目鏡也上市了喔。

M：那種我也戴過了，可是因為從來沒戴過眼鏡，實在不習慣耶。不過，還是謝謝妳喔，告訴我那麼多有用的資訊。

請問這位男士接下來會採取什麼行動以對抗花粉熱呢？

1　下午1點到3點之間盡量不要外出

2　現在立刻把沾在衣服上的花粉全部拍掉

3　去找化學纖維材質的西裝

4　戴上具有隔離花粉功用的護目鏡

解題關鍵と訣竅 -------------------------------- 答案：3

【關鍵句】あなたのスーツ、もしかしてウールじゃない？ …。ポリエステルのほうが簡単（かんたん）に払（はら）い落（お）とせるって。
帰（かえ）りに店（みせ）に寄（よ）って見（み）てみることにします。

！ 攻略要點

　　本題能夠找出正確答案的關鍵在於，在聽完對方的話，輪到自己要表達想法時先說的「じゃあ（那麼）」，以及陳述決定的「ことにする（會這麼做）」這兩個句子。問題句中的「このあと（接下來）」也是必須注意的字詞。

● 正確答案及說明 ●

▶ 正確答案是選項3。這位男士決定「帰りに店に寄って見てみることにします」回去時去服飾店看一看那種化學纖維質的西裝。

● 其餘錯誤選項分析 ●

▶ 選項 1　儘管這麼做比較好，但是男士的工作是跑外務，所以無法執行。

▶ 選項 2　這是指從外面回到室內時做了以後有助於改善症狀的動作。他們兩人現在都待在公司裡，所以沒有必要「今すぐ」執行。

▶ 選項 4　關於具有隔離花粉功用的護目鏡，這位男士雖然戴過了，但由於「なんだか慣れない」，也就是委婉表示不想戴。

● 單字と文法 ●--

□ **くしゃみ** 噴嚏

□ **〜やら〜やら** 又…又…

□ **鼻水**（はなみず） 鼻水

□ **外出**（がいしゅつ） 外出

□ **払い落とす**（はらおとす） 拍落、拂落

□ **カバー【cover】** 覆蓋物

もんだい1 小 専 欄 ！

それだけで文節になれるのが**接続詞**、なれないのが**接続助詞**です。

【接続詞與接續助詞】

□ **けど・けれど（も）**／但是
> ▶ 見た目は悪い**けど**味はいいよ。／雖然賣相不佳，但味道不錯喔。

□ **だって**／可是（表示辯解或反論）
> ▶ 「こんな時間に出かけるんじゃないの。」「**だって**葵ちゃんと約束したんだもん。」／「這種時間不能跑出去！」「可是我跟小葵約好了嘛！」

□ **（それ）でも**／但是
> ▶ **でも**、負けるものか！／但我怎麼能屈服呢！

□ **しかし**／但是
> ▶ 天気はいい。**しかし**、風が強い。／天氣真好。但是，風好大。

□ **それなのに**／儘管如此、雖然那樣
> ▶ 一生懸命やった。**それなのに**失敗した。／拼命做了。儘管如此還是失敗了。

□ **のに**／雖然…但…
> ▶ 子ども**なのに**、礼儀正しい。／雖然是個孩子，但很有禮貌。

□ **ただし**／但是（表示陳述附加條件）
> ▶ 入場自由。**ただし**、ペットはお断り。／自由入場。但謝絕寵物。

□ **ところが**／可是（表示跟預料相反，「沒想到」之意）
> ▶ 今年は冷夏の予報だった。**ところが**連日猛暑だ。／本來預測今年夏天會比往年低溫。可沒想到卻連日下來酷熱無比。

□ **だが**／但是
> ▶ 手術は成功した。**だが**、安心できない。／手術成功了。但是無法安心。

□ **といっても**／雖説…，但…
- ▶ 我慢するといっても、限度がある。／雖説要忍耐，但忍耐還是有限度的。

□ **ながら（も）**／雖然…，但…
- ▶ 狭いながらも、楽しい我が家だ。／雖然很小，但也是我快樂的家。

□ **ものの**／雖然…，但…
- ▶ 顔はハンサムなものの、痩せすぎだ。／長相雖然帥氣，可就是太瘦了。

□ **からといって**／即使…，也…
- ▶ 勉強ができるからといって偉いわけじゃない。／即使會讀書，不代表就高人一等。

□ **にしても**／就算…，也…
- ▶ いくら意地悪にしても、そこまで言うとはね。／就算他再怎麼存心不良，那樣説就太過分了。

□ **にしろ**／就算…，也…
- ▶ 仕事中にしろ、電話ぐらい取りなさいよ。／就算在工作中，也要接一下電話啊！

□ **に（も）せよ**／即使…，也…
- ▶ 車で行ったにせよ、間に合わない。／即使搭車也來不及啦。

□ **にしては**／就…而言，算是…
- ▶ 彼は、プロ野球選手にしては小柄だ。／就棒球選手而言，他算是個子矮小的。

□ **にもかかわらず**／雖然…，卻…
- ▶ 祝日にもかかわらず、会社で仕事をした。／雖然是國定假日，卻要上班。

課題理解　問題1　第三回　🎧1-1

問題1では、まず質問を聞いてください。それから話を聞いて、問題用紙の1から4の中から、最もよいものを一つ選んでください。

🎧1-12 1ばん　【答案跟解説：049 頁】　答え：① ② ③ ④

1　ネットで探して見る

2　DVD をレンタルして見る

3　誰かがネットにアップロードするのを待つ

4　テレビ局のホームページで探して見る

🎧1-13 2ばん　【答案跟解説：052 頁】　答え：① ② ③ ④

1　上原港行きの船が出るのを待って乗る

2　大原港行きの船に乗る

3　石垣島から上原までバスで行く

4　西表島に行くのはやめて、石垣島のホテルに泊まる

1　駅前の日本料理屋

2　日本料理屋の向かい側の居酒屋

3　駅の反対側のイタリアンレストラン

4　まだ決めていない

1　すぐ漁師になる

2　父親の弟子になる

3　水産高校に行く

4　漁業組合の研修に参加する

翻譯與題解

もんだい❶

もんだい2

もんだい3

もんだい4

もんだい5

もんだい1　第3回　第 ❶ 題 答案跟解說 　　1-12

家で女の人と男の人が話しています。女の人はどうやってドラマを見ることにしましたか。

F：うーん、見つからない。

M：何？ネットで動画探してるの？ああそれ、去年テレビでやってたドラマだよね。全然興味なかったくせして、なんで今ごろ？

F：友達にすごくよかったって聞いて、やっぱり見てみようかと思って。

M：もう、DVDで出てるんじゃない？レンタルすれば？

F：家の近くのレンタル屋さん、どこも全部貸し出し中で、来週にならなきゃ借りられないんだもん。YouTubeで探せば見つかるかと思ったんだけど。

M：最近、著作権の管理が厳しくなったから、誰かがアップロードしても、すぐに削除されちゃうんだよ。来週まで待つんだね。

F：別にそれでもいいんだけど…。あ、ねえ、前に、人気があるドラマだったら、テレビ局のホームページで見られる場合があるって言ってたよね？

M：でも、有料だよ。それにクレジットカードとか登録しなきゃいけないし。

F：面倒なんだ。じゃ、いいや。どうせもうすぐだから。

女の人はどうやってドラマを見ることにしましたか。

【譯】

女士和男士在家裡交談。請問這位女士會用什麼方式觀賞影集呢？

F：唉，找不到。

M：在幹嘛？在網路上找影片？喔，那個是去年在電視上播放的影集吧。妳不是一點都沒有興趣，怎麼隔了那麼久現在才突然想看？

F：我聽朋友說非常好看，所以才想說還是看一下。

M：現在應該出DVD了吧？不如去租片吧？

F：那影集在我們家附近的每一家影片出租店全部都被借走了，還要等到下個星期才租得到啊。我想說在YouTube上面找找看，說不定可以找得到。

M：最近關於著作權的管理越來越嚴格，就算有人上傳，也馬上會被移除掉的。妳等到下星期吧。

F：其實也無所謂啦…。啊，我問你，你以前不是說過，如果是收視率很高的影集，在電視台的網頁上也可以收看嗎？

M：可是，那是要付費的耶。而且還得登錄信用卡號碼什麼的才行。

F：好麻煩喔。那就算了。反正很快就看得到了。

請問這位女士會用什麼方式觀賞影集呢？

1　在網路上搜尋觀賞

2　租DVD來觀賞

3　等待有人上傳到網路上

4　在電視台的網頁上搜尋觀賞

 （答案：2）

【關鍵句】じゃ、いいや。どうせもうすぐだから。

攻略要點

這一題有很多人的答案都是選項3。請留意，千萬別輕易將「待つ（等待）」這個字詞，和前一句話裡的「アップロード（上傳）」連結起來。

正確答案及說明

▶ 正確答案是選項2。附近每一家影片出租店該影集的DVD都被借走了，必須等到下星期才能租借。女士雖然很想盡快看到，但是網路上搜尋不到影片，而在電視台的網頁上觀賞還需辦理登錄手續，她覺得很麻煩。因此女士的結論是「じゃ、いいや。どうせもうすぐだから」。這裡的「もうすぐ（很快）」指的是影片出租店出借中的DVD歸還回來的下個星期。

其餘錯誤選項分析

▶ 選項1　網路上搜尋不到影片。

▶ 選項3　男士說了「誰かがアップロードしても、すぐに削除されちゃうんだよ。来週まで待つんだね」，但是他到底建議等待什麼到下星期呢？假如他指的是「誰かがネットにアップロードする」，

翻譯與題解

もんだい

1

もんだい

2

もんだい

3

もんだい

4

もんだい

5

問題是根本無法預測什麼時候有人會上傳。然而男士很明確地提到「来週」，因此，可以確定他指的是等待影片出租店出借中的 DVD 歸還回來。

▶ 選項 4　或許在電視台的網頁上可以收看，但是女士一聽到「有料だよ。それにクレジットカードとか登録しなきゃいけないし」就嫌麻煩，決定作罷了。

🔘 **單字と文法** 🔘--

□ **動画** 影片
<small>どう が</small>

□ **くせして** 本來…但卻…

□ **貸し出す** 借出
<small>か　だ</small>

□ **管理** 管理
<small>かん り</small>

□ **～のだ・んだ** 表示主張，在此用以說服對方

□ **テレビ局** 電視台
<small>きょく</small>

電話で女の人と男の人が話しています。女の人はこのあとどうしますか。

F：あの、今日と明日、そちらに宿泊予定の山本と申します。

M：はい、山本様ですね。承っております。

F：すみません、今、石垣島の港なんですが、風が強くて、西表島行きの船が出られないみたいなんです。

M：ああ、上原港行きの船ですね。

F：はい、そうです。

M：石垣島から西表島に来る船は、上原港行きともう一つ大原港行きの二つのコースがあるのはご存じですよね。今日は上原港行きは全便欠航になりましたが、大原港行きは通常通りに出てるはずですよ。大原にお着きになりましたら、上原までのバスがありますから、それにお乗りください。

F：でも、それだとちょっと大変だな…。今晩はこちらのホテルで1泊して、明日朝の船でそちらに行こうと思うんですが…。

M：でも、そうすると、今日の宿泊分はキャンセル料をいただくことになりますけど、それでもよろしいですか。両コースとも欠航の場合に限り、キャンセル料をいただかないことになっておりますので。

F：そうなんですか。じゃ、ちょっと遅くなりますけど、後ほどおうかがいします。

女の人はこのあとどうしますか。

【譯】

女士和男士在電話中交談。請問這位女士接下來打算怎麼做呢？

F：您好，我是預定今明兩天在貴旅館住宿的房客，敝姓山本。

M：您好，是山本小姐吧。我們已經收到您的預約了。

F：不好意思，我現在人在石垣島的港口，但是風勢太強，前往西表島的船班好像停駛了。

M：喔，您說的是開往上原港的船班吧。

F：對，就是那條航線。

翻譯與題解

もんだい

❶

もんだい

2

もんだい

3

もんだい

4

もんだい

5

M：您應該知道，從石垣島到西表島的船班總共有兩條航線，除了開往上原港的以外，還有另一條是開往大原港的吧？今天開往上原港的全部停駛，但是開往大原港的應該還是正常航行喔。抵達大原以後，有巴士可以搭到上原，請您搭乘那條路線的巴士到本館。

F：可是，那樣的話有點麻煩耶…。我打算今天晚上在這邊的旅館住一晚，明天早上再搭船過去貴旅館…。

M：可是，那樣的話，就必須向您收取今晚的住宿取消費，請問您是否同意呢？除非兩條航線都停駛了，才能免收住宿取消費。

F：這樣哦？那麼，稍後我就到貴旅館，只是會晚一點抵達。

請問這位女士接下來打算怎麼做呢？

1　等待開往上原港的船班發船

2　搭乘開往大原港的船班

3　從石垣島搭巴士到上原

4　不去西表島了，住在石垣島的旅館

解題關鍵と訣竅 ----------------------------------- （答案：2）

【關鍵句】大原にお着きになりましたら、上原までのバスがありますから、それにお乗りください。

ちょっと遅くなりますけど、後ほどおうかがいします。

⚠ 攻略要點

　　從「上原港行きの船」這句話，和「二つのコースがある」這句話綜合判斷，就可以推測改搭另一條航線前往的可能性很高。

● 正確答案及說明 ●

▶ 正確答案是選項2。男士在電話中告知女士「大原にお着きになりましたら、上原までのバスがありますから、それにお乗りください」。女士起初有點猶豫，但最後還是答應對方的建議，告知「ちょっと遅くなりますけど、後ほどおうかがいします」。

▶ 選項1　今天開往上原港的船班全部停駛了。女士原本打算等待明天早上的船班，但最後還是不等了。

▶ 選項3　上原是西表島的地名。女士目前所在地是石垣島，不可能搭巴士前往位在不同島嶼的上原。

▶ 選項4　女士原本考慮「こちらのホテルで１泊」但是在聽到「そうすると、今日の宿泊分はキャンセル料をいただくことになります」之後，就放棄住在石垣島上的旅館的念頭了。

● 單字と文法 ●--

□ 宿泊 住宿　　　　　　　　　　□ キャンセル【cancel】取消

□ 承る 接受、遵從　　　　　　　□ ～に限り 唯獨…

□ ～泊 …晚、…宿　　　　　　　□ 後ほど 稍候、過一會兒

● 說法百百種 ●--

▶ 旅行時常遇到的問題

初めは飛行機で行く予定だったんだけど、友達がお金がないっていうから、船で行くことにしたんだ。
／原先預定搭飛機去，結果朋友說他沒錢，只好改成搭船了。

ところがさ、ちょうど出発する日に台風が来ちゃって。
／對了，聽說出發那天將會遇上颱風來襲。

沖縄には行けなかったけど、その代わり、来週北海道に行ってくるよ。
／雖然沖繩之旅沒有去成，不過下星期會去一趟北海道喔。

翻譯與題解

もんだい❶

もんだい2

もんだい3

もんだい4

もんだい5

男の人と女の人が話しています。男の人はどこで飲み会をすることにしましたか。

M：ねえ、駅前の日本料理屋って最近、味変わっちゃったのかな。前はおいしかったよね。

F：私は先月、友達と食べに行ったけど、前と同じでおいしかったよ。でも、なんでそんなこと聞くの？

M：今度の飲み会の場所、僕が決めることになってさ。ほら、ネットの口コミサイトってあるでしょ？食べに行った人が感想なんかを書き込むやつ。あれ見てみたら、なんだかあの店、随分評判悪いんだ。

F：そう？おかしいね。味もよかったし、店員さんのサービスも悪くなかったよ。

M：最近日本料理屋の向かい側にできた居酒屋の評判がすごくいいから、そっちにしようかな。

F：でも、口コミサイトの評判なんてそんなに当てにならないよ。この前テレビで言ってたじゃん。店からお金をもらって、好意的な感想書いたり、逆にライバル店の悪口を書き込む業者がいるって。

M：じゃ、新しい居酒屋の評判がいいのも当てにならないね。どうしようかな。

F：私はあのお店でいいと思うけど、心配なら他の人の希望も聞いてみたら。あ、そういえば、駅の反対側にあるイタリアンレストランも悪くなかったよ。

M：でも、飲み会だからな…。いいよ。口コミサイトの評判より、君の味覚を信じるよ。

男の人はどこで飲み会をすることにしましたか。

【譯】

男士和女士在交談。請問這位男士打算在哪裡辦餐飲會呢？

M：我問妳，車站前面那家日本料理店，最近味道變差了嗎？之前還很好吃吧。

F：我上個月和朋友去吃過，和以前一樣好吃啦！可是，你為什麼要問這個？

M：因為下回餐飲會的地點要由我來決定。哎呀，網路上不是有那種美食版嗎？就是去吃過餐廳的人把感想寫在網路上的那種網站。我上去查了一下，那家店的風評好像很差耶。

F：是嗎？好奇怪喔。那裡不但菜好吃，店員的服務也不差呀！

M：倒是最近開在日本料理店對面那家居酒屋的評價很高，還是要訂那家呢？

F：可是，美食版的評價靠不住啦！之前電視節目不是也報導過，有些專業部落客會向店家收錢寫推薦文，或是相反地幫忙寫競爭對手的壞話喔。

M：這麼說，那家新開的居酒屋的正面評價也不能當真囉？那該怎麼辦才好呢？

F：我覺得那店應該可以，如果你擔心的話，不如問問看其他人的意見。啊，對了，在車站的另一邊有家義大利餐廳好像也不錯喔。

M：可是，既然聚餐時還要喝酒，那裡好像不大合適…。算了，與其相信美食版的評價，我寧願相信妳的味覺囉！

請問這位男士打算在哪裡辦聚餐呢？

1　車站前面的日本料理店

2　日本料理店對面的居酒屋

3　車站另一邊的義大利餐廳

4　還沒決定

解 題 關 鍵 と 訣 竅 -------------------------------- 答案：1

【關鍵句】口コミサイトの評判より、君の味覚を信じるよ。

! 攻略要點

　　即使不懂在「君の味覚を信じるよ（我【寧願】相信妳的味覺囉）」這句話中的「味覚（味覺）」是什麼意思，但是只要知道「君を信じるよ（相信妳囉）」的意思，就能找到正確解答了。

● 正確答案及說明 ●

▶ 正確答案是選項1。從最後一句話「口コミサイトの評判より、君の味覚を信じるよ」即可得知，男士決定依照最初的想法，選在車站前面的日本料理店舉辦餐飲會。

翻譯與題解

もんだい ❶

もんだい 2

もんだい 3

もんだい 4

もんだい 5

● 其餘錯誤選項分析 ●

▶ 選項 2　日本料理店對面的居酒屋在美食版上的評價雖然很高，但是在聽到女士的意見後，男士認為「新しい居酒屋の評判がいいのも当てにならない」。

▶ 選項 3　女士雖然提議「駅の反対側のイタリアンレストランも悪くなかった」，但是男士認為那裡不適合當作餐飲會的場所，因而否決了。

▶ 選項 4　從「君の味覚を信じるよ」這句話，可以間接推測男士已經有屬意的餐廳了。

● 單字と文法 ●--

□ **サイト**【site】網站

□ **評判**〔ひょうばん〕評價、風評

□ **サービス**【service】服務

□ **当てになる**〔あ〕靠得住、可以信賴

□ **反対側**〔はんたいがわ〕另一邊

□ **イタリアンレストラン**【Italian restaurant】義大利餐廳

● 說法百百種 ●-------------------------------------

▶ 形容餐點好壞的說法

> この旅館〔りょかん〕、町〔まち〕の中〔なか〕にあるのに静〔しず〕かだし、料理〔りょうり〕もおいしいらしいよ。
> ／這家餐廳雖然位在大街上，但是聽說裡面很安靜，餐點也很好吃喔。

> この魚屋〔さかなや〕の魚〔さかな〕は、新鮮〔しんせん〕な上〔うえ〕に値段〔ねだん〕も安〔やす〕い。
> ／這家漁舖賣的魚不但新鮮，而且價錢便宜。

> 料理〔りょうり〕にかけては、彼女〔かのじょ〕はまさにプロです。
> ／就烹飪而言，她的確夠專業。

● 小知識 ●--

女士在某一句對話中，說的是「好意的な感想書いたり、逆にライバル店の悪口を書き込む業者がいる」，正確的說法應該是「好意的な感想書いたり、逆にライバル店の悪口を書き込んだりする業者がいる」。這樣的用法其實不恰當，但在日常會話中經常聽到有人這麼說。

家で少年と母親が話しています。少年は中学を卒業したあとどうすることにしましたか。

M：俺は中学を出たら漁師になりたいんだよ。なんでだめなのさ。

F：漁師で稼ぐのがどれぐらい大変かお前には分かってないんだよ。

M：大変って言ってもさ。おやじは漁師の稼ぎで、ちゃんとうちの家計を支えてるじゃないか。俺はおやじみたいな漁師になりたいんだ。卒業したらおやじに弟子入りする。

F：だめだめ。どうしてもって言うんだったら、まず水産高校に行きなさい。水産高校出てれば、もし漁師にならなくても他に就職先もあるんだから。

M：どうせ漁師になるって決めてるんだから、そんなとこ行くより、早く現場で勉強したほうがいいよ。おやじがいいって言えばいいんだろ。漁から帰って来たら頼んでみる。もし、おやじがだめだって言ったら、漁業組合が募集してる研修に参加するよ。

F：お父さんだって、これからの漁師は学校でもっと勉強して広い知識を身につけておかなければやっていけないって言ってたじゃないか。反対するに決まってるよ。

M：分かったよ。そこまで言うならそうするよ。でも、将来は絶対に漁師になるんだからね。

少年は中学を卒業したあとどうすることにしましたか。

【譯】

少年和母親在家裡交談。請問這個少年在中學畢業後有何打算呢？

M：我中學畢業後就是想當漁夫啦！為什麼不行啊？

F：你根本不懂當漁夫賺錢有多麼辛苦呀！

M：就算辛苦，可是老爸不就是靠著當漁夫賺來的錢供我們全家人吃住嗎？我就是想跟老爸一樣當漁夫啦！畢業以後我就要去當老爸的徒弟。

F：不行不行！假如你說什麼都非當不可，那就先去上水產高中！只要能拿到水產高中的畢業證書，就算以後沒辦法當漁夫了，也還能到其他地方上班。

翻譯與題解

もんだい

❶

もんだい

2

もんだい

3

もんだい

4

もんだい

5

M：反正我都已經決定要當漁夫了，與其去那種地方，不如早點上船學習比較好啦！只要老爸答應就行了吧？等老爸捕魚回來我就去拜託他。假如老爸不肯答應，那我就去參加漁會舉辦的研習課程！

F：你爸爸不是也說過，今後的漁夫如果不到學校多學些知識，根本就沒辦法餬口嗎？他絕對不會答應你的！

M：好啦！既然都講到這個地步了，那就這樣吧。不過，我以後一定要當漁夫啦！

請問這個少年在中學畢業後有何打算呢？

1　立刻當漁夫

2　當父親的徒弟

3　去水產高中

4　參加漁會舉辦的研習課程

（答案：3）

【關鍵句】どうしてもって言うんだったら、まず水産高校に行きなさい。

分かったよ。そこまで言うならそうするよ。

!　攻略要點

即使聽不懂「漁師（漁夫）」、「水産高校（水產高中）」這些單詞，但是只要看看選項，就可以發現裡面都以漢字寫了這些關鍵字。亦即，重要的暗示就隱藏在選項裡。

◐　正確答案及說明　◑

▶　正確答案是選項 3。少年起初希望中學畢業後就去當父親的徒弟，立刻成為漁夫，但是他母親告訴他，假如說什麼都非當不可，「まず水産高校に行きなさい」。少年認為，與其去那種地方，不如早點上船學習比較好，因此等父親捕魚回來，就會要求父親收他為徒，假如父親不肯答應，那他就要去參加漁會舉辦的研習課程。

▶ 然而母親轉述父親的看法「これからの漁師は学校でもっと勉強して広い知識を身につけておかなければやっていけないって言ってたじゃないか」，少年於是同意「そこまで言うならそうする」。換句話說，少年答應在當漁夫之前，先去上水產高中。

● 單字と文法 ●--

□ 俺（おれ） 我（男性用語）

□ 現場（げんば）（生產、建設等）現場

□ 稼ぐ（かせぐ） 賺（錢）

□ 漁業（ぎょぎょう） 漁業、水產業

□ ちゃんと 好好地

□ 組合（くみあい） 工會

もんだい1 小 専 欄 !

頻度・速度・時点を表すよく使う副詞を集めました。

【與時間相關的副詞】

□ **いきなり**／突然、冷不防
　　▶ **いきなり**泣き出した。／突然哭了起來。

□ **いずれ**／早晚、遲早
　　▶ **いずれ**分かる。／你早晚會知道的。

□ **先ほど**／剛才
　　▶ **先ほど**話したとおりです。／正如我剛剛説的那樣。

□ **早速**／火速、迅速、趕緊
　　▶ **早速**取りかかる。／火速處理。

□ **しきりに**／頻繁地；不斷地
　　▶ 風鈴が**しきりに**鳴る。／風鈴不停地響。

□ **しょっちゅう**／經常
　　▶ **しょっちゅう**遅刻する。／經常遲到。

□ **すでに**／已經
　　▶ **すでに**述べた事です。／這已是陳述過的事。

□ **そのうち**／不久
　　▶ また、**そのうち**お伺いします。／我不久後將再次拜訪您。

□ **絶えず**／不斷地、連續
　　▶ **絶えず**水が湧き出している。／水源源不絕湧出。

□ **直らに**／盡快
　　▶ **直ちに**書き直してください。／請盡快重新改寫。

□ **たちまち**／一瞬間、很快、立刻
　　▸ **たちまち**売り切れる。／一瞬間賣個精光。

□ **近々**／不久、近期
　　▸ 結果は**近々発表**するらしい。／近期似乎將會發表結果。

□ **常に**／一直、無論何時都
　　▸ ここの温度は**常に** 20 度くらいです。／這裡的溫度通常都是 20 度
　　左右。

□ **とっくに**／早就、已經
　　▸ りんちゃんなら**とっくに**帰った。／小凜的話老早就回去了。

□ **突然**／突然
　　▸ **突然**叫び声が聞こえた。／突然聽見了叫聲。

□ **にわかに**／突然、驟然
　　▸ 天候が**にわかに**変化する。／天候忽然起變化。

□ **前もって**／預先、事先
　　▸ **前もって**知らせる。／事先知會。

□ **間もなく**／馬上、不久
　　▸ **間もなく**試験が始まる。／考試將要開始了。

□ **やがて**／不久、馬上、即將
　　▸ **やがて**夜になった。／不久天就黑了。

□ **ようやく**／好不容易、終於
　　▸ **ようやく**完成した。／終於完成了。

単語や文法のほか、「言いさし表現」やイントネーションにも注意しましょう。

日語口語中，常出現較為曖昧的表現方式。想學會這種隱藏在話語背後的意思，最直接的方式就是透過聽力實戰演練來加強。接著，請聽光碟的對話及問題，選出正確答案。

【1-16】 もんだい --

1 答え：① ②	**4** 答え：① ②	**7** 答え：① ②
2 答え：① ②	**5** 答え：① ②	
3 答え：① ②	**6** 答え：① ②	

【1-16】 問題與解答 --

1

A：そこ、大きい町なんですか。

B：えっ、んー…。昔はね。

Q：その町は、今は大きい町ですか。

1 　はい。

2 　いいえ。

A：請問那裡是一個大城鎮嗎？

B：嗄？呃…，以前是的。

Q：請問那個城鎮，現在是個大城鎮嗎？

1 　是。

2 　不是。

答案：2 --

助詞「は」具有可以區隔其他事項，並加以特別強調的作用。

2

A：これ、ここだけの話だからね。

B：うん、聞かなかった、聞かなかった。

Q：BはAの話を聞きましたか。

1　聞きました。

2　聞きませんでした。

A：這件事，可千萬別說出去喔～

B：嗯，我會當作沒聽到、沒聽到！

Q：請問B究竟有沒有聽到A說的話呢？

1　聽到了。

2　沒聽到。

（答案：**1**）---

「ここだけの話」＝「祕密」，所以B的回答表示「我會當作沒聽到，守住這個祕密」的意思。

3

A：ねえ、絶対行っちゃだめ？

B：絶対ってわけじゃないけど。

Q：Aが行ける可能性はありますか。

1　あります。

2　ありません。

A：欸，絕對不能去嗎？

B：倒也不是絕對不能去啦…。

Q：請問A有成行的可能嗎？

1　有。

2　沒有

（答案：**1**）---

「わけじゃない／わけではない（並不是…、並非…）」表示部分否定。

曖昧語特訓班

もんだい

❶

もんだい

2

もんだい

3

もんだい

4

もんだい

5

4

A：今日中に終わらせるよ。

B：できると思っているのですか。

Q：Bは、Aが今日中に終わらせられると思っていますか。

1　はい。

2　いいえ。

A：今天之內把它做完吧！

B：你覺得有辦法完成嗎？

Q：請問B認為A在今天之內可以完成嗎？

1　可以。

2　沒辦法。

答案：**2** -

「のだ／のです」用於解釋和說明某件事情，或對某件事項請求說明。

5

A：明日、坂本さんも来るかしら。

B：来るはずないでしょ。

Q：Bは「坂本さん」が明日来ると思っていますか。

1　はい。

2　いいえ。

A：明天，坂本小姐是不是要來？

B：她哪可能會來嘛！

Q：請問B認為「坂本小姐」明天會不會來呢？

1　會。

2　不會。

答案：**2** -

「はず（が／は）ない」（不可能會…）是用於當說話對象提出某種可能性時，給予強烈的否定。

6

A：手伝ってあげたら。

B：手伝ってやることはないだろう。

Q：Bは手伝ってあげますか。

1　はい。

2　いいえ。

A：要不要去幫他一下？

B：那種事用不著幫忙吧？

Q：請問B會去幫忙嗎？

1　會。

2　不會。

答案：**2** ---

「ことはない（用不著）」是指「沒有必要那麼做」的意思。

7

A：明日、晴れるかなあ。

B：晴れるんじゃない。

Q：Bは、明日は晴れると思っていますか。

1　はい。

2　いいえ。

A：明天會是個晴天嗎？

B：不是應該會放晴嗎？

Q：請問B認為明天會是晴天嗎？

1　會。

2　不會。

答案：**1** ---

B這句話裡的「じゃない（不是…嗎）」是「ではないか」裡的「では」在口語中變化為「じゃ」，並且以上升語調代替了疑問終助詞的「か」，用以表示判斷。

ポイント理解

もんだい
2

ポイント理解　問題2　第一回　(2-1)

問題2では、まず質問を聞いてください。そのあと、問題用紙のせんたくしを読んでください。読む時間はあります。それから話を聞いて、問題用紙の1から4の中から、最もよいものを一つ選んでください。

(2-2) 1ばん　【答案跟解説：070頁】　答え：① ② ③ ④

1　子どもの泣き声がうるさいと文句を言われたから

2　しつけのしかたについて説教されたから

3　上の階の人がよく夜中に騒いでいるから

4　上の階の子どもが挨拶しないから

(2-3) 2ばん　【答案跟解説：073頁】　答え：① ② ③ ④

1　家の中だけでなく外でも使えるから

2　携帯やスマホよりも長い文章を打つのに便利だから

3　家の中でも場所を移動して使えるから

4　DVDを見るときはテレビにつないで見られるから

(2-4) 3ばん 【答案跟解説：076頁】　　　答え：① ② ③ ④

1 玉ねぎ

2 白ねぎ

3 青ねぎ

4 ねぎを買って来なかった

(2-5) 4ばん 【答案跟解説：079頁】　　　答え：① ② ③ ④

1 禁煙室のダブル一部屋

2 禁煙室のシングル一部屋と禁煙室のダブル一部屋

3 喫煙室のシングル一部屋と禁煙室のダブル一部屋

4 禁煙室のダブル二部屋

(2-6) 5ばん 【答案跟解説：082頁】　　　答え：① ② ③ ④

1 自動販売機が壊れていたから

2 500円硬貨が使えない自動販売機だったから

3 偽物の500円硬貨だったから

4 古いタイプの500円硬貨だったから

模擬試験

もんだい 1

もんだい ❷

もんだい 3

もんだい 4

もんだい 5

もんだい2　第1回　第❶題　答案跟解說　　　　2-2

マンションの入り口で女の人と男の人が話しています。男の人はどうして上の階の奥さんと言い合いになりましたか。

F：この前、上の階の奥さんとけんかしたそうですね。いったいどうしたんですか。

M：けんかといってもちょっと言い合いになっただけですよ。上の奥さんが、夜中にうちの赤ん坊の泣き声がうるさいって文句を言いにきて…。

F：そうですか。うちは下の階だけど全然聞こえませんけどね。

M：最初は僕も謝ったんですよ。言い合いなんかするつもりはなかったんです。でも、向こうはがみがみ言い続けたあげく、うちのしつけが悪いとかなんとか説教を始めたもんで、とうとうこっちも言い返しちゃって…。

F：そうだったんですか。それはひどいですね。でも、あそこのうちだってよく夜中に大声で騒いでますよね。うちでもよく聞こえますよ。

M：そうでしょう？それでも、うちは一度も文句なんか言ったことないんです。

F：だいたい、あの人が他人のしつけに文句を言う資格なんかありませんよ。だって、あそこのうちの子なんか人に会っても挨拶したこと一度もないんですから。私もそのことであの人と言い合いになったことがありますよ。

M：そうなんですか。困ったものですね。

男の人はどうして上の階の奥さんと言い合いになりましたか。

【譯】

女士和男士在大廈門口交談。請問這位男士為什麼和樓上的太太發生了口角呢？

F：聽說您前幾天和樓上的太太吵架了？到底發生什麼事了？

M：也算不上是吵架，只是有些爭執罷了。樓上那位太太來抱怨我家寶寶半夜哭鬧，吵到她家了…。

F：這樣哦。我家在您樓下，完全沒聽到寶寶的哭聲呀。

070

M：我一開始先向她道歉了，沒打算和她發生爭執。可是，對方不但非常嚴厲地罵個不
停，還開始教訓起我家沒把小孩教好什麼的，結果我終於忍不住出言反駁了…。

F：原來是這樣哦，那實在太過分了呀。不過那位太太家也常在半夜大聲吵鬧耶，連
我家都聽得清清楚楚的。

M：您家也聽到了吧？就算她家那麼吵，我家也從來沒去找她抱怨過。

F：話說，那位太太根本沒資格指責別人家小孩的教養。因為她家的孩子見了人也從
來不打招呼。我也曾因為這種事和她發生過口角呢！

M：真的啊？實在很傷腦筋耶。

請問這位男士為什麼和樓上的太太發生了口角呢？

1　因為被抱怨寶寶的哭聲太吵了

2　因為被教訓沒把小孩教好

3　因為樓上的人經常在半夜吵鬧

4　因為樓上的小孩沒打招呼

（解）（題）（關）（鍵）（と）（訣）（竅）--（答案：2）

【關鍵句】うちのしつけが悪いとかなんとか説教を始めたもんで、とうとうこっ
ちも言い返しちゃって…。

⚡ 攻略要點

　　關於發生口角的原因，男士未必是在承認「言い合いになった（發生了
口角）」的情形之後會緊接著解釋。請勿立刻認定答案為選項1，務必注意
聆聽後續的對話。

◯ 正確答案及說明 ◯

▶ 正確答案是選項2。「うちのしつけが悪いとかなんとか説教を始めたも
んで、とうとうこっちも言い返しちゃって」，這就是發生口角的原因。

◯ 其餘錯誤選項分析 ◯

▶ 選項1　「子どもの泣き声がうるさいと文句を言われた」雖是事實，但是
男士不但沒有回嘴，還向對方道歉了。假如那位太太接受道歉就
此打住，就不會演變成口角了。

▶ 選項3　關於「上の階の人がよく夜中に騒いでいる」這件事，男士的説法是「うちは一度も文句なんか言ったことないんです」，所以不曾因此發生口角。

▶ 選項4　由於「上の階の子どもが挨拶しないから」這件事而曾經發生口角的是女士。

● 單字と文法 ●---

□ 言い合い　口角、爭執

□ 夜中　半夜

□ 泣き声　哭聲

□ あげく　…結果…

□ ～とかなんとか　…什麼的（「～とか～とか」的應用）

□ 言い返す　反駁

□ ものだ　真是…

もんだい2　第1回　第 ❷ 題 答案跟解説　2-3

翻譯與題解

もんだい 1

もんだい ❷

もんだい 3

もんだい 4

もんだい 5

女の学生と男の学生が話しています。女の学生はどうしてノートパソコンを買うことにしましたか。

F：私、今度パソコン買うんだけど、ノートとデスクトップのどっちにしようか迷ってるんだ。

M：僕なら、家の中だけじゃなくて外でも使えるからノートだね。外で長い文章打つには携帯やスマホは不便だから。

F：私は家でレポート書いたりネットやメール見たりするのがほとんど。外で長い文章打つことは今までほとんどなかったし、これからもあんまりありそうにないな。

M：それならデスクトップでもいいと思うよ。同じぐらいの性能ならデスクトップのほうが安いし。

F：でも、川崎君は家でもノート使ってるんでしょう？

M：うん。リビングで使ったり、寝室で使ったりもできるからね。

F：家の中でも持ち運びできるっていうのはいいね。

M：画面が小さいから映画のＤＶＤ見たいときなんかはちょっと物足りないけど、テレビにつないで見る方法もあるよ。

F：映画見るときは直接テレビで見るからそれはかまわないけど…。でも、参考になった。私もノート買うことにする。ありがとう。

女の学生はどうしてノートパソコンを買うことにしましたか。

【譯】

女學生和男學生在交談。請問這個女學生為什麼決定要買筆記型電腦呢？

F：我想要買電腦，可是正在猶豫該買筆記型的還是桌上型的。

M：要是我，會買筆記型的，這樣不但在家裡可以用，也可以帶出去外面用。在外面要打長篇文章時，不管是用傳統手機或是智慧型手機，都很不方便。

F：我幾乎都是在家裡打報告、上網和收電子郵件，從以前到現在幾乎不曾在外面打過長篇文章，我想以後應該也不太會有這樣的機會。

M：既然如此，那我覺得可以買桌上型的電腦呀。以性能差不多的來說，桌上型的比較便宜。

F：可是，川崎，你在家裡也用筆記型電腦吧？

M：嗯。因為可以在客廳用，也可以拿到臥室用。

F：連在家裡也可以隨意搬動，這樣很好耶。

M：只是畫面有點小，想要看電影DVD時覺得不太過癮，不過也可以連接到電視螢幕播放呀。

F：看電影時我會直接在電視上收看，所以那點倒是無所謂…。不過，你的話很有參考價值。我也決定要買一台筆記型電腦。謝謝你。

請問這個女學生為什麼決定要買筆記型電腦呢？

1　不但在家裡可以用，也可以帶出去外面用

2　比起用傳統手機或是智慧型手機，打長篇文章時比較方便

3　連在家裡也可以移動使用

4　看DVD時可以連接到電視螢幕觀賞

解 題 關 鍵 と 訣 竅　　　　　　　　　　　　　　　　　　　答案：3

【關鍵句】家の中でも持ち運びできるっていうのはいいね。

! 攻略要點

　　男學生列舉了幾項筆記型電腦的優點，其中同樣吸引女學生的是哪一項優點？「いい（好）」這個關鍵字明確指出了答案。

◐ 正確答案及說明 ◑

▶ 正確答案是選項3。因為女學生說「家の中でも持ち運びできるっていうのはいいね」。選項3裡的「移動」與對話中的「持ち運び」是同樣的意思。

◐ 其餘錯誤選項分析 ◑

▶ 選項1、2　這對男學生而言是優點，但對女學生而言卻不重要。由女學生的這段話「家でレポート書いたりネットやメール見たりするのがほとんど」可以知道，她並沒有考慮要在外面使用電腦。此外，由於她「外で長い文章打つことはあんりない」，因此筆記型電腦比起傳統手機或是智慧型手機來得方便好用，這一點也不是女學生的需求。

翻譯與題解

もんだい

1

もんだい

❷

もんだい

3

もんだい

4

もんだい

5

▶ 選項 4　女學生說她「映画見るときは直接テレビで見る」，因此看電影 DVD 沒打算使用電腦。

● 單字と文法 ●

□ ノート（ノートパソコンの略）
【notebook personal computer】
筆記型電腦

□ デスクトップ（デスクトップパソコンの略）【desktop】桌上型電腦

□ だけでなく・だけじゃなく　不但…
也…

□ スマホ（スマートフォンの略）
【smartphone】智慧型手機

□ そうにない　不太可能會…

□ 持ち運び　搬動、搬運

● 說法百百種 ●

▶ 條件的說法

台所のほかに二部屋あるのが条件なんですが…、いいのありますか。
／我要求的條件是廚房以外還要有兩個房間…，請問有適合的物件嗎？

この俳優が好きなわけじゃないんですけど、イメージを変えようと思って。この写真みたいにカットしてください。
／我並不是喜歡這位男演員，只是想換個形象。請幫我剪成這張照片上的髮型。

● 小知識 ●

　　嚴格來説，智慧型手機也屬於手機的一種，但在對話中的這個對照式陳述句中，「携帯（電話）」指的是傳統的行動電話。

家で新婚の夫婦が話しています。男の人が買って来たのはどんなねぎですか。

F：お帰りなさい。買って来てくれた？

M：うん、牛肉は特売だったから二パック買った。玉ねぎはなかった。それから…。

F：あれ、何これ？

M：え、どうかした？

F：何、このねぎ？お豆腐に載せるから、青くて細いやつがほしかったんだけど。

M：なんだ、それならそう書いてよ。リストにはただ「ねぎ」って書いてあったから。

F：ねぎって言ったら青くて細いのだよ。

M：そうか、そういえば君は京都だから、ねぎって言ったら「青ねぎ」なんだね。でも、関東ではねぎって言ったら「白ねぎ」のことなんだよ。

F：へえ、そうなんだ。知らなかった…。

男の人が買って来たのはどんなねぎですか。

【譯】

一對新婚夫妻在家裡交談。請問這位先生買回來的是哪一種蔥呢？

F：你回來了呀。幫我買回來了嗎？

M：嗯，牛肉正好特價，所以我買了兩盒。我沒找到洋蔥。還有…。

F：咦，這是什麼？

M：嗄，怎麼了？

F：這是什麼蔥呀？我是要放在豆腐上面的，所以要的是綠色、細細的那一種耶。

M：什麼啊，妳要是那種就寫清楚嘛。採購清單上面只寫了「蔥」而已，所以我就買了這種。

F：單是說「蔥」，當然就是指綠色、細細的那一種呀！

M：對哦，妳是京都人，所以提到蔥只想到「青蔥」；可是，在關東地區這邊，提到蔥指的是「白蔥」喔。

翻譯與題解

もんだい
1

もんだい
❷

もんだい
3

もんだい
4

もんだい
5

Ｆ：是哦，原來如此，我不曉得耶…。

請問這位先生買回來的是哪一種蔥呢？

1 洋蔥

2 白蔥

3 青蔥

4 沒買蔥回來

解題關鍵と訣竅 ------------------------------- 答案：2

【關鍵句】リストにはただ「ねぎ」って書いてあったから。
関東ではねぎって言ったら「白ねぎ」のことなんだよ。

！ 攻略要點

　　「ねぎ（蔥）」這個單字的難度很高，但即使不知道也能夠解答本題。先將答案選項瀏覽一遍，做好心理準備題目將會出現三種不同的蔥，不要緊張，冷靜聆聽對話就能夠作答了。

◎ 正確答案及說明 ◎

▶ 正確答案是選項２。因為「リストにはただ『ねぎ』って書いてあった」，而對這位先生而言，「ねぎって言ったら『白ねぎ』のこと」。

◎ 其餘錯誤選項分析 ◎

▶ 選項１　先生說了沒找到洋蔥。此外，一般單說「ねぎ（蔥）」一個字，通常不會將「玉ねぎ（洋蔥）」包括在內。

▶ 選項３　從太太的「青くて細いやつがほしかったんだけど」這句話，即可判斷先生並沒有買回「綠色、細細的那一種」。

▶ 選項４　從太太的「何、このねぎ？」這句話，可以知道先生確實買回了某一種蔥。

● 單字と文法 ●--

□ **特売** 特價
とくばい

□ **パック【pack】** 盒

□ **あれ** 咦（感歎詞）

□ **そういえば** 話說…

□ **～と言ったら・って言ったら** 提到
い　　　　　　　　い

□ **へえ** 嘿、是哦

● 小知識 ●--

　　這裡所說的「青（青色）」指的是「緑（綠色）」。這樣的例子其他還有「青菜（あおな／青菜）」「青葉（あおば／綠葉）」。

。

翻譯與題解

もんだい 1

もんだい ❷

もんだい 3

もんだい 4

もんだい 5

男の人が電話でホテルの部屋を予約しています。男の人はどの部屋を予約しましたか。

M：すみません。3月20日に禁煙のダブルを一部屋予約したいんですが。

F：かしこまりました。お泊まりになるのは2名様ですね。

M：いえ、大人二人と子ども一人です。二人部屋はたしか子ども一人までは無料で一緒に泊まれるんですよね。

F：はい、小学校に入る前のお子様お一人までは無料でお泊まりいただけます。

M：小学生なんですけど。

F：それですと、申し訳ありませんが、追加料金が必要になります。

M：そうですか。それじゃ、僕がシングルで、家内と娘がダブルでお願いします。どちらも禁煙室で。

F：かしこまりました。少々お待ちください…。大変申し訳ありません。3月20日はシングルは喫煙室しか空いておりません。ダブルの禁煙室ならまだ空いていますので、ダブル二部屋になさいますか。

M：そうなんですか…。でも、どうせホテルの部屋にいるのは寝るときだけだから、我慢するからいいです。

F：申し訳ありません。それではお名前をお願いします。

男の人はどの部屋を予約しましたか。

【譯】

一位男士打電話到旅館預訂房間。請問這位男士預訂了哪一種房型呢？

M：不好意思，我想預約3月20日的一間雙人禁菸房。

F：好的。請問是兩位房客住宿嗎？

M：不，是兩個大人和一個小孩。我記得雙人房可以多加一個小孩免費住宿吧？

F：是的，可以帶一位上小學前的兒童免費住宿。

M：小孩已經上小學了。

F：那樣的話，非常抱歉，必須向您收取加床費。

M：這樣啊。那麼，麻煩給我一間單人房、內人和女兒一間雙人房，兩間都要禁菸房。

Ｆ：好的，請稍待一下…。非常抱歉，３月20日的單人房只剩下吸菸房了，但是雙人禁菸房還有空房，請問要兩間雙人房嗎？

Ｍ：這樣啊…。不過，反正待在旅館房間裡的時間也只用來睡個覺而已，忍耐一下就好。

Ｆ：真是非常抱歉。那麼，請告知您的大名。

請問這位男士預訂了哪一種房型呢？

1　一間雙人禁菸房

2　一間單人禁菸房和一間雙人禁菸房

3　一間單人吸菸房和一間雙人禁菸房

4　兩間雙人禁菸房

解題關鍵と訣竅-- 答案：3

【關鍵句】僕がシングルで、家内と娘がダブルでお願いします。どちらも禁煙室で。

３月 20 日はシングルは喫煙室しか空いておりません。

我慢するからいいです。

！ 攻略要點

　　本題並沒有明確陳述答案的句子，必須理解整段對話才能作答。先將答案選項瀏覽一遍，掌握「禁煙室／喫煙室（禁菸房／吸菸房）」、「シングル／ダブル（單人／雙人）」這幾個關鍵字。

● 正確答案及說明 ●

▶ 正確答案是選項 3。先生要求的一間雙人禁菸房有空房。原本也要求單人房是禁菸房，但只剩下吸菸房，所以他説「我慢するからいい」，意思是「喫煙室に泊まってもいい」。

● 其餘錯誤選項分析 ●

▶ 選項 1　這是一開始的要求。然而，在聽到小孩的部分必須支付加床費之後就作罷了。

▶ 選項 2　接下來，他要求「僕はシングルで、家内と娘がダブルで」以及「どちらも禁煙室で」，但是預定住宿日當天，單人禁菸房沒有空房。

▶ 選項 4　館方雖問了先生「ダブル 2 部屋になさいますか」，但是他沒有接受。

🔵 單字と文法 🔵 ------------------------------------

- ☐ **ダブル【double】**（內附一大床的）雙人房（內附兩張單人床的雙人房用「ツイン」）
- ☐ **～名様** …位
- ☐ **無料** 免費

- ☐ **追加** 追加、另加
- ☐ **料金** 費用、收費
- ☐ **シングル【single】** 單人房

🔵 說法百百種 🔵 ------------------------------------

▶ **住宿時常用到的說法**

> セーフティーボックスはありますか。／請問有保險箱嗎

> 栓抜きがありませんが…。／沒有開瓶器

> ハンガーが足りません。／衣架不夠。

男の留学生と女の学生が話しています。男の留学生の 500 円硬貨が使え

ないのはどうしてですか。

M：喉渇いたね。ちょうど自動販売機があるから何か買おうよ。あれ、

　　500 円玉しかないや。

　（500 円玉を自動販売機に入れる）

M：あれ、出てきちゃったよ。この自動販売機、壊れてるのかな？

F：たまに 500 円玉が使えない自動販売機もあるけど…。私も 500 円玉

　　持ってるから、こっち使ってみて。

　（500 円玉を自動販売機に入れる）

M：あれ、ちゃんと入ったよ。おかしいなあ。もしかして僕の、偽物？

F：さっきの 500 円玉ちょっと見せてくれる？平成 10 年発行ってなっ

　　てるから、10 年以上前のだね。

M：それって関係あるの？

F：あ、林さんは知らないよね。随分前のことだけど、古い 500 円玉と

　　材質や大きさは似てるけど価値がずっと小さい外国の硬貨を自動販売

　　機で使う事件がたくさんあって、それで今の 500 円玉は材質を変えて

　　あるんだって。といっても、見た目はほとんど同じだけど。それで、

　　古いのは自動販売機では使えなくなったの。これは変わる前のよ。

M：それじゃ、これ、もう使えないの？

F：ううん、お店で買い物するのにはふつうに使えるから、大丈夫よ。

M：ふうん、そうなんだ。もしかしてもう使えないのかと思ってあせっ

　　ちゃったよ。

男の留学生の 500 円硬貨が使えないのはどうしてですか。

【譯】

男留學生和女學生在交談。請問這個男留學生的 500 日圓硬幣為什麼無法使用呢？

M：好渴喔。這裡剛好有一台自動販賣機，來買瓶飲料吧，咦，我只有500日圓硬幣。

翻譯與題解

もんだい 1

もんだい ❷

もんだい 3

もんだい 4

もんだい 5

（將500日圓硬幣投進自動販賣機裡）

Ｍ：咦，銅板退出來了耶！這台自動販賣機是不是壞掉了？

Ｆ：偶爾會遇到有些自動販賣機不接受500日圓硬幣…。我也有一枚500日圓硬幣，你用用看。

（將500日圓硬幣投進自動販賣機裡）

Ｍ：咦，接受這枚了耶！好奇怪哦。該不會我的是偽幣吧？

Ｆ：你剛才那枚500日圓硬幣借我看一下好嗎？喔，這是平成10年發行的，已經超過十年了。

Ｍ：有關係嗎？

Ｆ：啊，林先生不曉得吧，那已經是滿久以前的事了。因為以前有一陣子經常發生有人拿一種材質與大小和舊版的500日圓硬幣非常相似，但是價值低很多的外國硬幣投進自動販賣機買東西的事件，所以才把500日圓硬幣換成了現在這種材質，不過，外表看起來幾乎完全一樣。也就是因為這樣，自動販賣機不再接受舊版的硬幣了。你這枚就是改版之前的舊硬幣。

Ｍ：這麼說，這枚硬幣，再也不能使用了嗎？

Ｆ：不是的，如果拿去一般的商店買東西，還是可以正常使用，沒問題的。

Ｍ：是哦，原來是這樣啊。我還以為不能用了，有點慌張呢。

請問這個男留學生的500日圓硬幣為什麼無法使用呢？

1 因為自動販賣機故障了

2 因為那台自動販賣機不接受500日圓硬幣

3 因為那是500日圓偽幣

4 因為那是舊版的500日圓硬幣

🅗 🅣 🅚 🅚 🅣 🅚 🅚 -- (答案：4)

【關鍵句】随分前のことだけど、古い 500 円玉と材質や大きさは似てるけど価値
がずっと小さい外国の硬貨を自動販売機で使う事件がたくさんあっ
て、それで今の 500 円玉は材質を変えてあるんだって。それで、古い
のは自動販売機では使えなくなったの。

❗ 攻略要點

　　或許女學生這句「随分前のことだけど。」的句法不容易理解，因而不
懂她講的內容，但是，只要仔細聽到「10 年以上前」、「古い」、「使え
なくなった」、「変わる前」這幾段關鍵詞，應該就能選出正確答案了。

● 正確答案及說明 ●

▶ 正確答案是選項 4。如同女學生的説明，自動販賣機不再接受舊版的 500 日圓硬幣了，而男留學生持有的 500 日圓硬幣正是舊版的。

● 其餘錯誤選項分析 ●

▶ 選項 1、2　由於自動販賣機接受了女學生那枚 500 日圓硬幣，表示機器沒有故障，只要是新版的 500 日圓硬幣即可使用。

▶ 選項 3　這只是男留學生杞人憂天而已。

● 單字と文法 ●---

□ **硬貨**（こうか）硬幣
□ **自動販売機**（じどうはんばいき）自動販賣機
□ **〜円玉**（えんだま）…日圓硬幣

□ **発行**（はっこう）發行
□ **材質**（ざいしつ）材質
□ **見た目**（みため）外表；看起來

もんだい2 小 専 欄 !

フレーズとフレーズをつなぐ言い方を集めました。

【文句的接續方式】

□ **といえば・いったら**／談到…
> ▶ 日本料理といったら、おすしでしょう。／談到日本料理，非壽司莫屬了。

□ **ときたら**／説到…
> ▶ 鹿野ときたら、いつもスマホをいじっている。／説到鹿野呀，總是在玩智慧型手機。

□ **（か）と思うと・（か）と思ったら**／剛…就…
> ▶ 泣いていたかと思ったら突然笑い出した。／她剛才還在哭，沒想到突然又笑了起來。

□ **ものなら**／如果能…的話
> ▶ 行けるものなら、行ってみたいなあ。／如果能去的話，真想去一趟耶。

□ **ないかぎり**／只要不…，就…
> ▶ 社長の気が変わらないかぎりは、大丈夫だ。／只要社長沒改變心意就沒問題。

□ **ないことには**／如果不…的話，就…
> ▶ 工夫しないことには、問題を解決できない。／如果不下點功夫，就沒辦法解決問題。

□ **を抜きにして（は）・は抜きにして**／沒有…就…
> ▶ 領事館の協力を抜きにしては、この調査は行えない。／沒有領事館的協助，就沒辦法進行這項調查。

□ **抜きで・抜きに・抜きの・抜きには・抜きでは**／沒有…的話
> ▶ この商談は、社長抜きにはできないよ。／這個洽談沒有社長是不行的。

□ **をきっかけに（して）・をきっかけとして**／自從…之後
> ▶ がんをきっかけに自伝を書き始めた。／自從他發現自己罹患癌症以後，就開始寫自傳。

□ **を契機に（して）・を契機として**／自從…之後
> ▶ 子どもが誕生したのを契機として、たばこをやめた。／自從生完小孩，就戒了煙。

ポイント理解　問題2　第二回　(2-1)

問題2では、まず質問を聞いてください。そのあと、問題用紙のせんたくしを読んでください。読む時間はあります。それから話を聞いて、問題用紙の1から4の中から、最もよいものを一つ選んでください。

(2-7) 1ばん　【答案跟解説：088頁】　答え：① ② ③ ④

1　プリンターのスイッチを切って、インクを取り替えた

2　インクの黄色いラベルをはがさないでプリンターにセットした

3　インクの黄色以外のラベルをはがしてプリンターにセットした

4　インクのラベルを全部はがしてプリンターにセットした

(2-8) 2ばん　【答案跟解説：091頁】　答え：① ② ③ ④

1　子どもの頃に見たことがあるから

2　内容を全部知っているから

3　以前のイメージが壊れるのが嫌だから

4　ＤＶＤが出たらレンタルして見るつもりだから

2-9 **3ばん** 【答案跟解説：094頁】 答え：① ② ③ ④

1 5 % ^{パーセント}

2 8 % ^{パーセント}

3 10 % ^{パーセント}

4 ポイントはもらえなかった

2-10 **4ばん** 【答案跟解説：097頁】 答え：① ② ③ ④

1 すでに世界文化遺産に登録されることが決まったから

2 以前、世界自然遺産に申請しようとしたが取りやめたから

3 ごみの問題が解決できていないから

4 富士山の自然は世界的に見るとそれほど珍しくないから

2-11 **5ばん** 【答案跟解説：100頁】 答え：① ② ③ ④

1 約160名

2 約200名

3 約600名

4 約800名

もんだい2　第2回　第①題 答案跟解說 (2-7)

会社で男の人と女の人が話しています。女の人は何を間違えましたか。

F：あの、すみません。プリンターのインクを取り替えたいんですけど、やり方を間違えたみたいで、印刷できないんです。教えていただけますか。

M：いいですよ。ええと、プリンターのスイッチは入ってますよね。プリンターのスイッチを切って交換すると、あとでうまく印刷できなくなっちゃうそうだから、必ずスイッチを入れたまま交換してくださいね。

F：大丈夫です。で、最初にこのボタンを押してから、プリンターのカバーを開けて、古いインクを取り出して、新しいインクをセットしたんです。

M：そこまでは合ってますね。じゃあ、何を間違えたのかな。あ、インクについてるラベルははがしましたか。

F：いえ、でも、インクの袋にはラベルは絶対にはがさないでくださいって書いてありますけど。

M：ほら、よく読んでくださいよ。「黄色以外のラベルは」って書いてあるでしょう？だから他のは残して黄色のラベルははがすんですよ。

F：ああ、そうか。すみません。不注意でした。これから気をつけます。

M：お願いしますよ。でも、そんなに気にしなくてもいいですよ。僕も昔、全部のラベルをはがしちゃったことがありますから。

女の人は何を間違えましたか。

【譯】

男士和女士在公司裡交談。請問這位女士做錯了什麼步驟呢？

F：呃，不好意思。我想要更換印表機的墨水，但是好像弄錯步驟了，沒辦法列印。可以請你教我嗎？

M：好啊。我看看哦…，印表機的電源是開著的吧？如果把印表機的電源關掉後才更換墨水，可能之後就沒辦法正常列印了，請務必開著電源更換喔。

翻譯與題解

もんだい

1

もんだい

❷

もんだい

3

もんだい

4

もんだい

5

F：那個步驟沒有問題。然後，先按下這個按鈕，打開印表機的蓋子，拿出舊墨水，把新墨水裝進去。

M：到這裡都正確呀。那，到底是哪裡出了錯呢？啊，有沒有把貼在墨水上面的標籤撕掉下來？

F：沒有。可是，墨水的包裝袋上寫著切勿撕除標籤…。

M：唔，妳看仔細一點啊！上面寫的是「除了黃色以外的標籤」吧？所以其他的標籤都要留著，但是黃色的標籤要撕掉啊。

F：啊，原來如此。對不起，我太粗心了，以後會多加留意的。

M：麻煩妳以後多用心喔。不過，不必那麼在意啦。我以前還曾經把所有的標籤通通撕下來哩！

請問這位女士做錯了什麼步驟呢？

1　把印表機的電源關掉，更換了墨水

2　沒有撕掉墨水上的黃色標籤，就裝進印表機裡了

3　把墨水上黃色以外的標籤都撕掉，裝進印表機裡了

4　把墨水上的標籤全部撕掉，裝進印表機裡了

解 題 關 鍵 と 訣 竅 -- 答案：2

【關鍵句】「黄色以外のラベルは」って書いてあるでしょう？だから他のは残して黄色のラベルははがすんですよ。

❗ 攻略要點

　　首先把答案選項全部瀏覽一遍，掌握「ラベル（標籤）」、「黄色（黃色）」、「はがす／はがさない（撕掉／不撕掉）」等等關鍵詞，再聽對話內容。

⬤ 正確答案及說明 ⬤

▶ 正確答案是選項2。從「インクについてるラベルははがしましたか」和「いえ（沒有）」這兩句話可以知道，女士並沒有把標籤撕下來。但是，如同男士的說明，「黄色のラベルははがす」。

▶ 選項 1　雙方的對話已經說明了：「必ずスイッチを入れたまま交換して
　　　　 くださいね」，「大丈夫です」。

▶ 選項 3、4　如上所述，女士並沒有撕下任何標籤。

● 單字と文法 ●--

□ スイッチ【switch】 開關　　　　　□ はがす 撕掉

□ で（「それで」の略）然後　　　　□ 不注意 疏忽、粗心

□ 取り出す 拿出　　　　　　　　　□ 気をつける 留意、小心

● 說法百百種 ●--

▶ 各種說明的說法

この笛は、こっちを口に当てて、右手で縦に持って、左手は下の穴を
押さえるように持ちます。
／這種笛子的吹奏方式是將嘴唇抵在這裡，笛身豎直以右手握住，左手則按
住下面的音孔。

この地方には、外国から移住してきた人が多くいたため、独特の形の
お墓が発達しました。
／由於這裡曾經住過許多國外移民，因而發展出了形狀奇特的墳墓。

今度のパーティーでは、参加者に名前を書いたカードをつけてもらい
ます。／這一回的派對，需請出席者別上寫了姓名的名牌。

● 小知識 ●--

　　　正確而言，裝有墨水的小容器應該稱為「カートリッジ（墨水匣）」，但在日
常生活中，如同這段會話呈現的，多半只以「インク（墨水）」代稱。

翻譯與題解

もんだい1

もんだい❷

もんだい3

もんだい4

もんだい5

男の留学生が日本人の学生と話しています。日本人の学生はどうして映画館に「宇宙大戦争」を見に行かないのですか。

M1：昨日、映画館に「宇宙大戦争」を見に行ったんです。阿部さんはもう見ましたか。

M2：いや、まだだけど、たぶん見に行かないと思う。だって、あれって昔のアニメをもとに新しく作り直したリメイク作品だからね。子どものころに見たのは好きだったけど。

M1：じゃ、内容は全部ご存じなんですね。でも、だからって見に行かないのはもったいないと思いますよ。

M2：ストーリーは多少現代風にアレンジしてあるらしいから、その点は興味あるんだけどね…。

M1：絵もすごくきれいで迫力もあってよかったですよ。

M2：うん、今のアニメってコンピューターで作ってるのが多いから、昔のに比べると確かにきれいなんだけど、特にリメイクの場合は昔のを見慣れた人にとってはイメージと違っててね。

M1：僕は昔のは見たことがないから比べられませんが、すごく感動しましたよ。ＤＶＤが出たらレンタルして見たらどうですか。

M2：うーん。林さんがそんなに言うなら、考えとくよ。

日本人の学生はどうして映画館に「宇宙大戦争」を見に行かないのですか。

【譯】

男留學生和日本學生在交談。請問這位日本學生為什麼不去電影院看《宇宙大戰爭》呢？

M1：我昨天去電影院看了《宇宙大戰爭》。阿部先生看過了嗎？

M2：不，還沒，但大概不會去看吧。因為那是根據以前的卡通再重新翻拍的作品呀。小時候看的那部卡通，我倒是挺喜歡的…。

M1：那麼，電影內容您全部都知道了吧。不過，因為這樣就不去看，我覺得有點可惜耶。

M2：聽說故事情節好像用了一些現代手法加以改編，這點我倒是有興趣就是了…。

M1：畫面也很細膩、非常具有震撼力，真的拍得很棒喔！

M2：嗯，現在的動畫多半都是用電腦繪圖的，和以前的影片比起來的確細膩多了，尤其是重新翻拍的作品，對於看慣了以前那部卡通片的人來說，和印象裡的有點不太一樣。

M1：我沒看過以前那部，所以沒辦法比較，不過真的讓我非常感動耶！不如等DVD上市以後，您再租來看吧？

M2：是哦？既然林先生都這麼說了，那我就考慮看看吧。

請問這位日本學生為什麼不去電影院看《宇宙大戰爭》呢？

1　因為小時候曾經看過了

2　因為已經知道整部電影的內容了

3　因為不想破壞了以前的印象

4　因為打算等DVD上市以後再租來看

解題關鍵と訣竅--（答案：3）

【關鍵句】…、特にリメイクの場合は昔のを見慣れた人にとってはイメージと違っててね。

攻略要點

　　日本學生由於顧及男留學生覺得《宇宙大戰爭》是部好電影的心情，因此對話中出現多次避免否定說法、語氣未完結的回答。例如，「子どものころに見たのは好きだったけど」省略「リメイク作品はたぶん好きにならない（但是重拍的作品大概不會喜歡）」、「その点は興味あるんだけど」省略「それでも見ようという気持ちにはならない（即便如此，還是不想去看）」，就像這樣，可以再補上一句話使整個語意更加完整。應試者應該了解到說話者沒有把話明確說出口的體貼考量。

正確答案及說明

▶ 正確答案是選項3。「昔のを見慣れた人にとってはイメージと違っててね」這句話雖然沒有挑明了講「違っていて、どうだ（就是不一樣啊）」，但是含有「違っていて、嫌だ（因為不一樣，所以不喜歡）」的意涵。

翻譯與題解

もんだい

1

もんだい

❷

もんだい

3

もんだい

4

もんだい

5

● 其餘錯誤選項分析 ●

▶ 選項1、2　日本學生的確由於小時候看過這部影片，所以知道整個故事
內容。但是，從他提到關於電影情節經過改編的部分「興味
ある」來看，他不去看這部片子還另有原因。

▶ 選項4　留學生建議日本學生等DVD上市以後再租來看，但是日本學生只
説了考慮看看，並沒有説會租來看。

● 單字と文法 ●----------

□ だって　因為

□ 〜をもとに　根據…

□ だからって　因為這樣就…

□ 多少（たしょう）　一些

□ 現代風（げんだいふう）　現代手法、當代手法

□ 迫力（はくりょく）　震撼力

□ 見慣（みな）れる　看慣

● 說法百百種 ●----------

▶ 表明意見的說法

> この博物館（はくぶつかん）は、今（いま）まで、子（こ）どもたちの夢（ゆめ）を育（そだ）てる場（ば）として非常（ひじょう）に役立（やくだ）ってきました。
> ／這座博物館從過去到現在，對於培育孩童擁有夢想提供了非常重要的幫助。

> 第（だい）1号（ごう）が本屋（ほんや）に並（なら）んでいるのを見（み）つけて、手（て）にとってページをぱらぱら開（ひら）いて見（み）たときのうれしさは忘（わす）れられません。
> ／至今仍然無法忘懷當我在書店的陳列架上發現創刊號，拿在手中翻閱時那份喜悦。

> 経営状態（けいえいじょうたい）はよかったにもかかわらず、館長一人（かんちょうひとり）の考（かんが）えで閉館（へいかん）が決（き）まるなんて、本当（ほんとう）に残念（ざんねん）です。／儘管營運狀況良好，館長仍然獨斷決定關閉館區，真是太可惜了。

電器屋で男の人が買い物をしています。男の人は今回、最終的に何％の

ポイントをもらいましたか。

F：お買い上げの商品、デジタルカメラ1点で29,800円でございます。

　　ポイントカードはお持ちですか。

M：いえ、持ってません。どういうカードですか。

F：ポイントカードをお作りになると、お買い上げ金額の10％分のポイ

　　ントをお付けいたします。今回は29,800円のお買い上げですから、

　　2,980円分のポイントになりまして、次回のお買い物からご利用い

　　ただけますが。

M：分割払いでもポイントはもらえるんですか。

F：はい、ただ、ポイントが10％ではなく8％になります。

M：8％ですか。じゃ、今回は一括払いで。ポイントカードの方お願い

　　します。

F：ありがとうございます。それから、こちらの商品はメーカーの無料

　　保証期間が1年間となっておりますが、お買い上げ金額の5％でもっ

　　て保証延長サービスにご加入いただくことができまして、保証期間

　　を3年間延長できますが、いかがなさいますか。

M：今じゃなくて、1年後に延長できないんですか。

F：申し訳ありません。お買い上げの際にご加入いただくことになってお

　　ります。ポイントカードをお持ちのお客様はお買い上げ分のポイン

　　トからご加入料金分のポイントを引かせていただくことになります。

M：分かりました。じゃ、お願いします。

男の人は今回、最終的に何％のポイントをもらいましたか。

【譯】

男士在電器行買東西。請問這位男士這次購物，最後獲得了多少%的回饋點數呢？

F：您購買的是數位相機一台，結帳金額是29,800日圓，請問您有集點卡嗎？

M：不，我沒有。請問是什麼樣的卡片呢？

翻譯與題解

もんだい

1

もんだい

❷

もんだい

3

もんだい

4

もんだい

5

Ｆ：只要申辦集點卡，就可以獲得等同於購買金額的10％的回饋點數。您本次結帳金額是29,800日圓，因此可累積等同於2,980日圓的點數，可以在下次購買時扣抵。

Ｍ：請問用分期付款的方式結帳也可以累積點數嗎？

Ｆ：是的，不過點數計算的百分比就不是10％，而是８％。

Ｍ：８％哦。那，我這次用一次付清結帳。麻煩幫我辦一張集點卡。

Ｆ：感謝您的惠顧。還有，這項商品由製造廠商提供一年的免費保固，顧客可以加付購買金額的５％加入延長保固的服務，保固期間即可延長至三年，請問您需要這項服務嗎？

Ｍ：可以不現在申辦，等到一年後再來辦延長保固嗎？

Ｆ：非常抱歉。依規定必須於購買時配搭這項服務。持有集點卡的顧客可以由購買時獲得的回饋點數中直接扣除加入延長保固服務的點數。

Ｍ：我懂了。那就麻煩妳吧。

請問這位男士這次購物，最後獲得了多少％的回饋點數呢？

1　　5％

2　　8％

3　　10%

4　　沒有獲得回饋點數

解題關鍵と訣竅　　　　　　　　　　　　　　　　　　　　　（答案：1）

【關鍵句】ポイントカードをお作りになると、お買い上げ金額の 10％分のポイントをお付けいたします。

…お買い上げ金額の５％でもって保証延長サービスにご加入いただくことができまして、…。

じゃ、お願いします。

！攻略要點

　　建議一聽到數字就趕快做筆記。雖然本題出現了「分割払い（分期付款）」、「一括払い（一次付清）」、「加入（加入）」等難度較高的單詞，但就算不懂這些詞彙也能夠作答。即使聽到不懂的字眼也不要緊張，仔細往下聽。此外，本題在題目中出現了「最終的に（最後）」的語詞，希望應試者要做好心理準備，一開始和之後的部分會出現不同的説法。

▸ 正確答案是選項 1。男士一聽到分期付款可獲得的回饋點數是 8 ％後，就
決定採用一次付清，獲得了 10% 的回饋點數。對話最後他説了「じゃ、お
願いします」，表示願意加入扣除 5 ％的點數以加入延長保固的服務，因
此最後他獲得的回饋點數是 5 ％。

● 單字と文法 ●--

□ お買い上げ（您所）購買

□ 金額 金額

□ 今回 本次

□ 次回 下次

□ 保証 保固

□ ～でもって 以…

□ 延長 延長

もんだい2　第2回　第❹題 答案跟解說

2-10

翻譯與題解

もんだい 1

もんだい ❷

もんだい 3

もんだい 4

もんだい 5

女の先生と男の生徒が話しています。女の先生が、富士山は将来も世界自然遺産に登録されることはないと考える理由は何ですか。

M：先生。昨日、富士山が世界文化遺産に登録されることになったってテレビで言ってましたが、何で自然遺産じゃないんですか。

F：先生は自然遺産での登録は無理だと思うな。

M：どうしてですか。

F：何年か前には、自然遺産での登録を目指したこともあったんだ。でも、あの頃の富士山ってごみが多くて汚いって有名で、それで自然遺産は諦めて、文化遺産での登録を目指したの。

M：僕、去年、途中まで登ったんですけど、そんなことありませんでしたよ。

F：最近は地元の人やボランティアの人達の努力で、以前よりはだいぶきれいになったみたいね。

M：じゃ、もっときれいになったら、将来は自然遺産にも登録してもらえますね。

F：うーん、それでもやっぱり無理かな。

M：どうして？文化遺産と自然遺産両方には登録できないんですか。

F：ううん、それはできるんだけど。富士山って、日本人にとっては特別な山にしろ、自然に関しては、既に自然遺産に登録されてる他の山ほど特別な点がないんだって。

M：ふうん、僕は富士山って世界で一番きれいな山だと思うんだけどな。

女の先生が、富士山は将来も世界自然遺産に登録されることはないと考える理由は何ですか。

【譯】

女老師和男學生在交談。請問這位女老師認為富士山未來仍不會被登錄為世界自然遺產的理由為何？

M：老師，昨天我看到電視報導，富士山已經被登錄為世界文化遺產了，為什麼不是世界自然遺產呢？

Ｆ：老師認為應該沒辦法被登錄為自然遺產哦。

Ｍ：為什麼呢？

Ｆ：幾年前，日本曾經努力爭取登錄為自然遺產，可是當時的富士山遍地垃圾又很髒亂是眾所周知的，於是只好放棄自然遺產項目，把目標改成爭取文化遺產了。

Ｍ：我去年曾爬到了半山腰，並沒有像老師說的那樣髒亂呀！

Ｆ：最近在當地居民和志工團體的努力之下，好像已經比以前乾淨多了。

Ｍ：那麼，如果讓環境變得更整潔，未來就能夠被登錄為自然遺產囉？

Ｆ：嗯…，我想還是不可能吧。

Ｍ：為什麼？不能同時登錄為文化遺產和自然遺產嗎？

Ｆ：不是的，可以同時登錄在兩個項目中。不過，雖然富士山對日本人而言具有特別的意義，但是據說其自然景觀，並不如目前已被登錄在自然遺產的其他山岳那般具有特色。

Ｍ：是哦？可是我覺得富士山是全世界最美的山啊。

請問這位女老師認為富士山未來仍不會被登錄為世界自然遺產的理由為何？

1　因為已經決定登錄為世界文化遺產了

2　因為以前曾經申請登錄世界自然遺產，但後來放棄了

3　因為垃圾問題還沒有解決

4　因為富士山的自然景觀就世界標準而言，並沒有那麼特殊罕見

解 題 關 鍵 と 訣 竅 --------------------------------- 答案：4

【關鍵句】富士山って、日本人にとっては特別な山にしろ、自然に関しては、既に自然遺産に登録されてる他の山ほど特別な点がないんだって。

！攻略要點

　　當題目詢問理由的時候，答案未必會緊接在第一次出現於對話中的「どうして（為什麼）」之後出現。本題即是在第二次的「どうして」之後才出現答案的。

● 正確答案及說明 ●

▶ 正確答案是選項４。女老師提到「富士山って…既に自然遺産に登録されてる他の山ほど特別な点がないんだって」。這就是女老師考量的最重要理由。請注意，「～ほど特別な点がない」換句話說就是選項４的「それほど珍しくない」。

翻譯與題解

もんだい

1

もんだい

❷

もんだい

3

もんだい

4

もんだい

5

🔵 其餘錯誤選項分析 🔵

▶ 選項 1　文化遺產和自然遺產兩個項目可以同時登錄，因此就算已經被登錄在文化遺產裡也沒有問題。

▶ 選項 2　以前曾經放棄登錄雖是事實，即便如此也不會影響到日後的申請。

▶ 選項 3　垃圾的問題已經有了改善，況且女老師提到，未來就算變得更乾淨，「やっぱり無理かな」。

🔵 單字と文法 🔵

□ **登録**　登記、註冊
□ **目指す**　以…為目標
□ **諦める**　放棄

□ **～にしろ**　即使…也…
□ **既に**　已經
□ **～ほど～ない**　沒有比…更…

🔵 小知識 🔵

「遺産（遺産）」這個單詞的難度較高。「世界遺産」分為「自然遺産」、「文化遺産」、以及「複合遺産」三大類。

女の人が、ある大学の今年の入試状況について話しています。経済学部を受験する人は現段階ではどれぐらいいますか。

F：全体的に見ると、本学の今年の受験者数は昨年に比べやや増加しており、現在のところ全学部あわせておよそ6,000人の応募があります。ただし、人気のある学部とない学部の倍率の差がかなり大きくなっています。各学部の定員はそれぞれ200名ですが、中でも最も人気のあるのが法学部で、今のところ約800名の応募があり、倍率は約4倍に達しています。次に人気があるのは経済学部で、倍率は約3倍となっています。反対にもっとも倍率が低いのは商学部の0.8倍で、こちらは受験者が定員に達しない状況となっています。

経済学部を受験する人は現段階ではどれぐらいいますか。

【譯】

有位女士正在敘述某大學今年入學考試的狀況。請問現階段報考經濟學系的考生大約有多少人呢？

F：就整體而言，本校今年的報考人數較去年略微增加，目前加總所有學系的報考人數大約有6,000人。然而，熱門學系與冷門學系的錄取率差異相當大。各學系的招收人數各約200人，其中最熱門的法律學系目前約有800人報名，錄取率約僅四分之一。第二熱門的學系為經濟學系，錄取率為三分之一。相對地錄取率最高的是商學系的1.25倍，該學系的報名人數低於招收人數。

請問現階段報考經濟系的考生大約有多少人呢？

1 大約160人
2 大約200人
3 大約600人
4 大約800人

翻譯與題解

もんだい

1

もんだい

❷

もんだい

3

もんだい

4

もんだい

5

解題關鍵と訣竅

【關鍵句】各学部の定員はそれぞれ200名ですが、…。

次に人気があるのは経済学部で、倍率は約3倍となっています。

! 攻略要點

　　一聽到數字請立刻做筆記。此外，在學習外語時，遇到閱讀測驗出現數字的時候，很容易會將數字部分挑出來採用母語的思考模式。假如沒有訓練自己使用正在學習的語言讀誦數字，在聽力測驗時就無法辨識了。

● 正確答案及說明 ●

▶ 正確答案是選項3。由於「各学部の定員はそれぞれ200名（各學系的招收人數各約200人）」，經濟學系的「倍率は約3倍（錄取率為三分之一）」，可推算得知報考人數約600人。雖然「倍率（錄取率）」這個單詞的難度較高，但即使不懂，只要知道法律學系的「800名（800人）」、「200名（200人）」、「4倍（四分之一）」之間的相關性，應該就能依樣計算出經濟學系的人數了吧。

● 單字と文法 ●

□ **入試** 入學考試

□ **状況** 狀況、情況

□ **受験** 報考

□ **本〜** 本…

□ **ところ** 場面、局面（表示某種空間或時間上的特定情況）

□ **ただし** 然而

もんだい2 小 専 欄 ！

大小・多少・高低など、程度を表す副詞を集めました。

【表示程度的副詞】

□ **あまりにも**／太、過
- ▶ **あまりにも痩せ過ぎだ。**／瘦過頭了。

□ **いくぶん**／稍微、些許
- ▶ **給料がいくぶん上がった。**／薪水微幅調漲了。

□ **いくらか**／稍微、有點
- ▶ **その建物はいくらか右に傾いている。**／那棟建築物稍微往右傾了些。

□ **うんと**／十分；充足（限用於口語）
- ▶ **家を買うにはうんと金がかかるんだ。**／買房得花很多錢。

□ **かなり**／相當、頗
- ▶ **かなりいい点を取った。**／考取相當不錯的成績。

□ **ぐっと**／更加
- ▶ **前よりぐっと大きくなった。**／比之前還要變得更大了。

□ **相当**／相當、非常
- ▶ **あの様子から見れば、彼は相当疲れているらしい。**／從那個樣子來看，他似乎很疲倦。

□ **多少**／多少、稍微
- ▶ **私は日本語には多少自信がある。**／我對日語多少還有些信心。

□ **たっぷり**／足夠
- ▶ **時間はたっぷりある。**／有充裕的時間。

□ **めっきり**／表示變化程度劇烈
　▸ 父はめっきりふけこんだ。／父親變得很蒼老。

□ **余計（に）**／格外、更加
　▸ しゃべるなと言われると余計にしゃべりたくなる。／被説不能告
　　訴別人，反而更想講了。

□ **わりあい（に）**／相較、比較、比預想地、意外地
　▸ バスはわりあいすいている。／公車較為空曠。

□ **わりと・わりに**／格外
　▸ わりにうまくやった。／表現格外順利。

ポイント理解　問題2　第三回 （2-1）

問題2では、まず質問を聞いてください。そのあと、問題用紙のせんたくしを読んでください。読む時間はあります。それから話を聞いて、問題用紙の1から4の中から、最もよいものを一つ選んでください。

（2-12） 1ばん　【答案跟解説：106頁】　　　答え：① ② ③ ④

1　夫と一緒にニューヨークに行くから

2　母親の看病をするから

3　父親の世話をするから

4　会社に不満があるから

（2-13） 2ばん　【答案跟解説：109頁】　　　答え：① ② ③ ④

1　自分もたばこは吸わないから

2　勤務時間の途中で休憩を取られると迷惑だから

3　会社のイメージが悪くなるのが心配だから

4　禁煙を会社の規則に含めるように法律で決まったから

（2-14） **3ばん** 【答案跟解説：112頁】　　　　　　答え：① ② ③ ④

1　紙の雑誌のほうが安いから

2　自分には紙の雑誌のほうが読みやすいから

3　電子ブックリーダーを持っていないから

4　中にメモできるほうがいいから

（2-15） **4ばん** 【答案跟解説：115頁】　　　　　　答え：① ② ③ ④

1　サービスが悪いから

2　キャンセルや変更の手数料が高いから

3　万一飛行機が飛ばないと困るから

4　安い航空会社は安全面が心配だから

もんだい 2　第3回　第 ① 題 答案跟解説　　2-12

会社で男の人と女の人が話しています。女の人はどうして退職することにしたのですか。

M：田中さん、3月いっぱいで退職されるそうですね。

F：はい。長い間お世話になりました。ちょっと家の事情で…。

M：あ、そういえば、ご主人が4月から1年間ニューヨーク勤務になったんでしたよね。ご一緒に行かれるんですか。

F：そうするつもりだったんですが…。実は先日、私の母が病気で倒れたもので、ちょうど主人も1年間帰ってこないし、この際しばらく両親の家に戻ろうかと…。

M：それは心配ですね。じゃ、田中さんがご自分で看病なさるんですか。

F：いえ、母の方は完全看護の病院で診てもらってるのでそんなに心配ないんです。ただ、父の世話をする人がいなくて…。父はまだ元気なんですけど、年ですからやっぱり一人にしておくと心配で…。

M：そういうことだったんですね。てっきり僕は、田中さん、この会社に何かご不満があって辞めるのかと思いましたよ。田中さん最近すごく忙しそうだったから。

F：そりゃ、会社に言いたいことはいろいろありますけどね。仕事が忙しいのは他のみんなと変わりませんよ。

女の人はどうして退職することにしたのですか。

【譯】

男士和女士在公司裡交談。請問這位女士為什麼決定要離職呢？

M：田中小姐，聽說妳做到三月底就要離職了？

F：對。長久以來承蒙您的照顧。由於一些家庭因素，所以…。

M：啊，對喔，妳先生從四月開始要外派到紐約工作一年吧。所以妳要陪他一起去囉？

F：原本是打算和他一起去，但是…。其實前一陣子，家母生病了，剛好外子一整年都不在國內，所以我想趁這個機會暫時回去娘家…。

M：那的確教人擔心呀。那麼，田中小姐要親自照顧臥病的母親嗎？

F：不，家母是在附有全日看護的醫院裡接受治療，所以那部分不太需要擔心。只是家裡沒人能夠照顧家父…。家父雖然身體還很硬朗，畢竟上了年紀，不太放心讓

翻譯與題解

もんだい

1

もんだい

❷

もんだい

3

もんだい

4

もんだい

5

他一個人待在家裡…。

M：原來是這麼回事啊。我還以為田中小姐是不是對這家公司有什麼不滿，所以才要辭職哩！因為田中小姐最近看起來有點忙。

F：當然囉，對公司還是有不少想抱怨的地方呀，不過工作繁忙大家都一樣嘛。

請問這位女士為什麼決定要離職呢？

1　因為要和先生一起去紐約

2　因為要照顧生病的母親

3　因為要照顧父親

4　因為對公司不滿

 解題關鍵と訣竅 ------------------------------------ 答案：3

【關鍵句】ただ、父の世話をする人がいなくて…。父はまだ元気なんですけど、年ですからやっぱり一人にしておくと心配で…。

> 🛈 攻略要點

　　女士雖然遲遲沒說出理由，但在男士追根究柢之下，還是明確地說出原因了。這道題目並沒有暗藏拐彎抹角的伏筆。

⚫ 正確答案及說明 ⚫

▶ 正確答案是選項3。女士在對話中提到「父の世話をする人がいなくて…。父はまだ元気なんですけど、年ですからやっぱり一人にしておくと心配で…」不放心父親一個人。請特別注意「いえ、母の方は～」與「ただ、父の～」之間的對比。

⚫ 其餘錯誤選項分析 ⚫

▶ 選項1　女士雖然原本打算和被外派到紐約工作的先生一起去，但是後來決定不去，改變主意「しばらく両親の家に戻ろうかと」，因此沒有去紐約。

▶ 選項2　女士提到「母の方は完全看護の病院で診てもらってるのでそんなに心配ないんです」。

▶ 選項 4　女士提到「会社に言いたいことはいろいろあります」，換言之，
　　　　　她確實懷有不滿。但是，從「けど（不過）」之後的部分可以得知，
　　　　　那並不是她辭職的理由。

單字と文法

□ **いっぱい**　全佔滿、全都用上（表示用盡某限度為止）

□ **～もので**　由於…

□ **この際**　這個機會

□ **看病**　照顧、護理

□ **年**　高齡、上年紀

□ **てっきり**　一定、無疑

小知識

　　女士最後那段話中出現的「そりゃ（當然囉）」是「それは（那當然）」的口語縮約形。「そりゃ（それは）」有時會用作「それは当然だ（那是當然啦）」、「もちろん～だ（當然是…啦）」的意思。

翻譯與題解

もんだい 1

もんだい ❷

もんだい 3

もんだい 4

もんだい 5

会社の人事部で女の人と男の人が話しています。男の人はどうして女の人に同意したのですか。

F：最近、社員に禁煙を勧める会社が増えてきましたね。

M：うん、「禁煙手当」を出すところもあるんだってね。

F：うちもそうしてくれればいいのにって思いません？今度、人事部の提案として会社に話してみようと思ってるんです。

M：そう？僕は、たばこを吸う人でも仕事をちゃんとして、吸うときは外に出るんだったらかまわないと思うけど。

F：でも、勤務中にちょこちょこ外に出てたばこを吸われたら、休憩しないで働いてるスタッフからすれば不公平に思いますよ。

M：僕は吸わないけど、あんまり考えたことないなあ。

F：うちみたいな食品メーカーはとくにイメージが大事なんじゃありませんか。たとえ生産現場は完全禁煙だとしても、うちはお客さんも多いですし。

M：それは確かにそうだね。でも、前から思ってたんだけど、そんなことまで会社が口を出すのって法律上問題ないのかな。

F：喫煙を理由にやめさせることはもちろんできませんけど、禁煙を勧めるだけなら問題ないと思います。

M：そう。それなら、いいんじゃないかな。

男の人はどうして女の人に同意したのですか。

【譯】

女士和男士在公司的人事部交談。請問這位男士為什麼同意了女士的觀點呢？

F：最近有越來越多公司建議員工戒菸了唷。

M：嗯，聽說還有公司發放「戒菸津貼」呢。

F：你不覺得如果我們家也能採用這種政策該有多好呀？我打算在下次向人事部送交提案建議公司採行。

M：是哦？我倒是覺得吸菸的人並沒有怠忽工作，只要吸菸的時候到外面去就無所謂了。

F：可是，在上班時間常常跑去外面吸菸，我覺得對沒有休息一直工作的同仁不太公平呀。

M：我沒抽菸，幾乎沒想過這件事耶。

F：像我們家這樣的食品製造商，公司形象尤其重要，不是嗎？即使在生產工廠完全禁菸，但還是有不少客戶會來我們家呀。

M：妳說的確實沒錯。不過，我以前就在想一件事，公司連這個都要管，會不會有法律上的問題呢？

F：當然不能以吸菸為理由開除員工，但若只是建議戒菸，我想應該沒問題。

M：是喔。那樣的話，應該可以吧。

請問這位男士為什麼同意了女士的觀點呢？

1　因為自己也不吸菸

2　因為在工作時間當中被禁止休息會造成困擾

3　因為擔心會影響公司形象

4　因為法律規定要把戒菸放入公司規則裡面

解題關鍵訣竅 -------------------------------- 答案：3

【關鍵句】うちみたいな食品メーカーはとくにイメージが大事なんじゃありませんか。

それは確かにそうだね。

法律上問題ないのかな。

それなら、いいんじゃないかな。

⚠ 攻略要點

　　先找出表示同意的部分吧。在那部分的前面就是答案。表示同意的說法除了本題出現的「確かにそうだ（確實沒錯）」，還有「もちろん～だ（當然…）」與「なるほど（原來如此）」等。在這題當中，先是表示同意，之後又出現了「でも～（可是）」，但在同意之後如果出現了「でも～（可是）」、「～けど（但是）」、「～が（然而）」之類的逆接用法，很可能並沒有撤回原先表示同意的看法，這點請務必留意。

翻譯與題解

もんだい 1

もんだい ❷

もんだい 3

もんだい 4

もんだい 5

● 正確答案及說明 ●

▶ 正確答案是選項 3。當女士提到了「うちみたいな食品メーカーはとくにイメージが大事なんじゃありませんか」，男士的回答是「それは確かにそうだね」。之後，男士雖然提出了質疑「法律上問題ないのかな」，但在聽到女士的意見之後，就說「それなら、いいんじゃないかな」，因此沒有改變原先同意的看法。

● 其餘錯誤選項分析 ●

▶ 選項 1、2　男士提到「僕は吸わないけど、あんまり考えたことないなあ」。

▶ 選項 4　雖然在會話的後面出現了「法律（法律）」這個單詞，但是完全沒有提到「禁煙を会社の規則に含めるように決まった」這件事。

● 單字と文法 ● -

□ 社員（しゃいん） 員工

□ ちょこちょこ 頻繁地、經常地

□ スタッフ【staff】 同仁

□ 公平（こうへい） 公平

□ 食品（しょくひん） 食品

□ 口を出す（くちをだす） 干涉；插嘴

□ ～上（じょう） 從…來看

● 小知識 ● -

　　女士的這句「大事なんじゃありませんか（…重要，不是嗎？）」，是「大事なのではありませんか（…重要，不是嗎？）」的口語用法。此外，「うち（我們家）」除了用來指自家房屋、自己的家人以外，也會用於自己所屬的單位。

学校で女の学生と男の学生が話しています。女の学生は、どうして紙の雑誌を買うことにしましたか。

F：ねえ、山崎君って、電子書籍読める機械持ってるよね？

M：電子ブックリーダーのこと？持ってるけど、どうかしたの？

F：読みたい雑誌があるんだけど、紙版と電子版があって、どっちにしようか迷ってるんだ。電子版のほうが安いからそっちにしようと思って、スマホで試し読みしてみたんだけど、すっごく読みにくいの。電子ブックリーダーならどうなのかなと思って。

M：「見やすさ」についてはどんどんよくなってると思うよ。使ってみる？

F：いいの？じゃ、ちょっと借りるね…。ほんとだ。スマホよりはずっと読みやすいね。でも、雑誌みたいなのをぱらぱらめくって読むにはちょっと不便かな。これなら、紙のほうがいいな。

M：慣れの問題もあると思うけどね。僕は雑誌なんかは電子版のほうが、場所を取らないからいいと思うけど。といっても、まだ機械持ってないんだよね？

F：それは大丈夫。これから毎月読むから、もし電子版にするなら思い切って1台買うつもりなの。でも、私、書き込みしたり、メモを貼ったりすることが多いから、そういうのって、やっぱり紙のほうが便利だよね。

M：そんなことないよ。ほら。

F：へえ、便利なんだ…。でも、私には紙のほうが向いてるみたいだな。やっぱり紙の雑誌にする。ありがとう。参考になったよ。

女の学生は、どうして紙の雑誌を買うことにしましたか。

【譯】

女學生和男學生在學校裡交談。請問這位女學生為什麼決定要買實體雜誌呢？

F：山崎，我問你喔，你有一台可以看電子書的機器吧？
M：妳說的是電子書閱讀器嗎？我有啊，怎麼了？

翻譯與題解

もんだい 1

もんだい ❷

もんだい 3

もんだい 4

もんだい 5

F：我有本想看的雜誌，有分實體版和電子版，正在考慮該訂哪一種才好。本來想說電子版比較便宜，就訂這種的，可是用智慧型手機試看了一下，很不容易閱讀，所以才想說如果用電子書閱讀器，不知道看起來效果怎麼樣。

M：就「容易閱讀」來說，我想應該會越來越進步吧。要不要用用看？

F：可以嗎？那，跟你借一下…。真的耶！用這個比智慧型手機閱讀起來輕鬆多了！不過，還是沒辦法像實體雜誌那樣隨手翻閱，有點不方便耶。這樣的話，好像還是訂實體的比較好哦。

M：我想，還有一部分是閱讀習慣的問題吧。我覺得像雜誌這類書刊，訂電子版就不會占空間，很方便。話說回來，妳還沒有電子書閱讀器吧？

F：那個沒有問題。以後每個月都要看雜誌，我打算假如訂購電子版的，就要下定決心買一台。不過，我常會在雜誌上隨手寫筆記、或是貼上標記，那樣的話，還是紙本的比較方便，對吧？

M：不會啊。妳看！

F：哦，真方便耶…。不過，我好像還是比較適合用紙本的耶。那我還是訂實體版的雜誌吧。謝謝你提供了那麼多資訊讓我參考！

請問這位女學生為什麼決定要買實體雜誌呢？

1　因為實體版的雜誌比較便宜

2　因為她自己覺得實體版的雜誌比較容易閱讀

3　因為她沒有電子書閱讀器

4　因為能夠在上面寫筆記的比較好

解題關鍵と訣竅  ························· 答案：2

【關鍵句】雜誌みたいなのをぱらぱらめくって読むにはちょっと不便かな。これなら、紙のほうがいいな。

！ 攻略要點

　　會話的開頭出現了「電子書籍読める機械（可以看電子書的機器）」，不曉得各位是否聽清楚了呢？「電子（電子）」、「書籍（書籍）」屬於N２級的單詞，難度雖然有點高，但是我們看到漢字應該知道意思。不過，聆聽的時候不容易了解意思，請多留意漢字語詞的讀法，盡量鍛鍊聽力吧。

● 正確答案及說明 ●

▶ 正確答案是選項 2。女學生向男學生借用電子書閱讀器，提到「スマホよりはずっと読みやすい」，以及「雑誌みたいなのをぱらぱらめくって読むにはちょっと不便」、「紙のほうがいい」等等感想。「スマホよりは」句中的「は」，意思是「しかし私が要求するほど読みやすくはない（但是仍然不如我要求的標準那般容易閱讀）」。

● 其餘錯誤選項分析 ●

▶ 選項 1　女學生提到「電子版のほうが安い」。

▶ 選項 3　女學生提到「もし電子版にするなら、思い切って 1 台買うつもり」。

▶ 選項 4　電子書也可以寫筆記。

● 單字と文法 ●--

□ 電子（でんし）電子

□ 書籍（しょせき）書籍

□ ぱらぱら 啪啦啪啦（形容翻閱書籍的聲音）

□ といっても 話說回來

□ 台（だい）台（數量詞）

□ 書き込み（かきこみ）寫筆記、加註

● 說法百百種 ●--

▶ 各種助數詞的說法

一本（いっぽん）（映画（えいが））／一部（電影）

一部（いちぶ）（新聞（しんぶん））／一份（報紙）

一口（ひとくち）（寄付（きふ））／一筆（捐款）

一玉（ひとたま）（キャベツ）／一粒（高麗菜）

一丁（いっちょう）（豆腐（とうふ））／一塊（豆腐）

一服（いっぷく）（飲み薬（のみぐすり））／一包（いっぽう）（粉薬（こなぐすり））／一錠（いちじょう）（錠剤（じょうざい））
／一份（藥水）／一包（藥粉）／一顆（藥錠）

翻譯與題解

もんだい 1

もんだい ❷

もんだい 3

もんだい 4

もんだい 5

会社で男の人と女の人が話しています。男の人はなぜ安い航空会社を利用するのをやめましたか。

M：ＬＣＣって乗ったことある？

F：格安航空会社のこと？乗ったことはあるけど、安いだけあってサービスもかなり悪かったからもう乗りたくないな。でも、どうして？

M：今度出張があるから、航空券の値段を調べてたんだ。そしたら格安航空会社のチケットだと、普通の航空会社よりずいぶん安いもんだから、逆に心配になっちゃってさ。

F：うーん、確かに値段はびっくりするほど安いよね。でも、キャンセルや変更の手数料はむしろ高いよ。

M：日程は決まってるからその点は大丈夫だよ。

F：あと、いったん飛行機が故障したりすると、予備の飛行機を持ってないから何日も飛行機が飛ばないことがあるんだって。もしものことを考えたら、やめといたほうがいいんじゃない？

M：そうか。何かあったら、取引先に迷惑がかかるしね。

F：何よりも、座席は狭いし、機内食はないか、あったとしても別料金だよ。

M：長くても１時間半ぐらいだから、それぐらいは我慢できるよ。でも、そうだな。会社のために出張費用を節約しようと思ったけど、やっぱり心配だから安いのはやめとこう。

男の人はなぜ安い航空会社を利用するのをやめましたか。

【譯】

男士和女士在公司裡交談。請問這位男士為什麼不搭乘廉價航空公司的班機了呢？

Ｍ：妳有沒有搭過ＬＣＣ？

Ｆ：你是指廉價航空公司嗎？搭是搭過，但到底是便宜，服務很差，所以我再也不想搭了。不過，為什麼要問這個？

Ｍ：我這次要出差，查了一下機票的價格，結果發現廉價航空的機票比一般航空便宜很多，反而讓我有點擔心。

F：嗯，票價確實便宜得會讓人嚇一跳。不過，取消或更改時間的手續費反而比較貴喔。

M：出差日期已經確定了，那點倒是沒問題。

F：還有，一旦飛機故障了，由於廉價航空公司沒有備用飛機，聽說曾經因此發生過等了好幾天都沒有飛機可搭的事件。考慮到突發狀況，我想還是不要搭吧？

M：對喔。假如真的有狀況，會給客戶造成麻煩的。

F：更討厭的是，機艙座位狹窄，也沒提供飛機餐，就算有提供也得另外付費喔。

M：頂多只搭一個半小時，那些問題還能夠忍受。不過，妳說的有道理哦。我本來想幫公司省出差費，不過這樣教人不太放心，還是不訂廉價航空了。

請問這位男士為什麼不搭乘廉價航空公司的班機了呢？

1　因為服務不好

2　因為取消或更改時間的手續費很高

3　因為萬一取消航班的話就麻煩了

4　因為擔心廉價航空公司的飛航安全

解 題 關 鍵 と 訣 竅 -------------------------------- 答案：3

【關鍵句】もしものことを考えたら、やめといたほうがいいんじゃない？
何かあったら、取引先に迷惑がかかるしね。

⚠ 攻略要點

　　女士雖然列舉了幾項廉價航空公司的缺點，聆聽時請思考對男士而言最無法接受的缺點是哪一項。

● 正確答案及說明 ●

▶ 正確答案是選項 3。從女士提到「もしものことを考えたら、やめといたほうがいいんじゃない？」，以及男士的回答「そうか。何かあったら、取引先に迷惑がかかるしね」可以找到答案。

▶ 所謂「もしものこと」，意思是「もしも何かあったときのこと（萬一發生了什麼意外狀況）」。依照上下文，應該可以知道指的就是選項裡提到那種「万一」的狀況了。

翻譯與題解

もんだい

1

もんだい ❷

もんだい

3

もんだい

4

もんだい

5

▶ 至於「そうか（對喔）」，如果是用下降語調，表示同意對方的話；如果是用上昇語調，表示提出疑問。此外，這裡的「し」暗示還有其他的理由（例如也會造成自家公司的困擾）。

● 其餘錯誤選項分析 ●

▶ 選項 1 女士雖然提到「サービスも悪かったからもう乗りたくない」，但是男士並沒有提到自己是否重視服務。

▶ 選項 2 對於女士提醒「キャンセルや変更の手数料はむしろ高いよ」，男士的回答是「日程は決まってるからその点は大丈夫だよ」。

▶ 選項 4 男士雖然一開始提到「逆に心配になっちゃってさ」，最後也説了「心配だから安いのはやめとこう」，但不論是哪一句，他指的都不是「安全面（飛航安全）」。第一次提到的「心配（擔心）」是沒來由的擔憂，最後的那個「心配（不放心）」則是指對於有可能取消航班的隱憂。

● 單字と文法 ●

□ **だけあって** 也難怪…、到底是…
□ **日程**（にってい）日程、每日的計畫
□ **いったん** 一旦、有朝一日
□ **予備**（よび）備用

□ **何より（も）**（なに）比什麼都…
□ **座席**（ざせき）座位
□ **別料金**（べつりょうきん）另外付費

● 小知識 ●

「やめといたほうが（還是不要搭吧）」是「やめておいたほうが（還是不要搭比較好吧）」的口語用法。此外，雖然出現了「格安航空会社（廉價航空公司）」、「手数料（手續費）」、「取引先（客戶）」等等難度較高的單詞，但即使不懂它們的語意，也能夠作答。

もんだい 2 小專欄！

N 2 を目指すなら最低限これだけは知っておいてください。

【慣用句】

□ 気に入る／喜歡、中意
　▶私、これが気に入った。／我喜歡這個。

□ 気にする／介意、把…掛在心上
　▶そんなに気にすることないよ。／你不用那麼在意啦。

□ 気になる／掛在心上
　▶何だか遠藤君のことが気になるの。／總覺得老把遠藤掛在心上。

□ 口に合う／合胃口
　▶お口に合うとよろしいのですが。／希望能合您的胃口。

□ 腹が立つ／生氣、發怒
　▶あの野郎、全く腹が立つ。／那個混帳，真令人火大！

□ 腹を立てる／賭氣、發脾氣
　▶そんなに腹を立てることはないだろう。／沒有必要發那麼大的脾
　　氣吧。

□ 身に付く／學會
　▶毎日 10 分聞くだけでラクラク身に付く！／只要每天聽十分鐘，就
　　能輕輕鬆鬆學會！

□ 身に付ける／學會；養成
　▶大人の女性のマナーを身に付けましょう。／學好成熟女性的禮儀
　　吧。

単語や文法のほか、「言いさし表現」やイントネーションにも注意しましょう。

　　　日語口語中，常出現較為曖昧的表現方式。想學會這種隱藏在話語背後的意思，最直接的方式就是透過聽力實戰演練來加強。接著，請聽光碟的對話及問題，選出正確答案。

2-16 もんだい --

1 答え：① ②　　　　**4** 答え：① ②　　　　**7** 答え：① ②

2 答え：① ②　　　　**5** 答え：① ②

3 答え：① ②　　　　**6** 答え：① ②

2-16 問題與解答 --

1
A：あれ、雨、降ってきた？

B：いや、雨じゃない。

Q：雨は降ってきましたか。

1　はい。

2　いいえ。

A：咦，下雨了哦？
B：沒，那並不是雨。

Q：請問下雨了嗎？
1　有。
2　沒有。

(答案：**2**) --

B這句話裡的「じゃない（並不是）」由「ではない」裡的「では」在口語中變化為「じゃ」，表示否定的意思。「な」此時的發音要提高。

曖昧語特訓班

もんだい 1

もんだい ❷

もんだい 3

もんだい 4

もんだい 5

2

A：あら、雨じゃない。

B：ほんとだ。

Q：雨は降ってきましたか。

1　はい。

2　いいえ。

A：咦，沒有下雨！

B：真的耶！

Q：請問下雨了嗎？

1　有。

2　沒有。

答案：**2**

A這句話裡的「じゃない」表示否定。「な」此時的發音要降低。

3

A：おいしかったね。

B：おいしかったことはおいしかったけどね…。

Q：Bはおいしかったと思っていますか。

1　はい。

2　いいえ。

A：好好吃喔，對吧？

B：要説好吃嘛，也算是好吃啦…。

Q：請問B覺得好吃嗎？

1　好吃。

2　不好吃。

答案：**1**

B對於「おいしかった」這個看法沒有異議，但是句末的「けど（然而）」顯示他對於味道以外，還有其他不滿意之處。

4

A：明日も雨だって。

B：もう1週間も降ってるのに。

Q：Bは、明日雨が降ることをどう思っていますか。

1　気にしていません。

2　気に入りません。

A：聽説明大也會下雨。

B：都已經整整下一個星期了耶！

Q：請問B對於明天會下雨這件事有什麼感覺呢？
1　不在意。
2　不開心。

(答案：**2**) -

B句末的「のに」表示惋惜、厭惡的感覺。

5

A：こちら、つまらないものですが。

B：これはこれは。

Q：Bはなんと言いましたか。

1　お気遣いをいただいて、ありがとうございます。

2　確かにつまらないものですね。

A：這是一點小小的心意。

B：您太客氣了。

Q：請問B的意思是什麼？
1　非常感謝您的禮數周到。
2　真的只是一點小心意呢。

(答案：**1**) -

「これは」也可用於表示感動、驚嘆的意思（這真是…）。這裡説了兩次作為強調。

6

A：激辛でも食べられるかな。

B：それはどうだろう。

Q：BはAが激辛を食べられると思っていますか。

1　はい。

2　いいえ。

A：那種超級辣度不曉得我能不能吃得下去？
B：有點難吧。

Q：請問B覺得A能夠吃超級辣度嗎？
1　可以。
2　沒辦法。

（答案：**2**）- -

「どうだろう（有點難吧）」表示疑義。

7

A：あの選手は強そうだな。

B：どうでしょうね。

Q：Bは「あの選手」を強そうだと思っていますか。

1　はい。

2　いいえ。

A：那位選手似乎很強喔。
B：那可難説哦。

Q：請問B認為「那位選手」的實力堅強嗎？
1　是。
2　不是。

（答案：**2**）- -

「どうでしょう（很難説…）」表示疑義。

概要理解

もんだい

3

概要理解　問題3　第一回 〔3-1〕

問題3では、問題用紙に何もいんさつされていません。この問題は、全体としてどんな内容かを聞く問題です。話の前に質問はありません。まず話を聞いてください。それから、質問とせんたくしを聞いて、1から4の中から、最もよいものを一つ選んでください。

〔3-2〕 **1ばん**　【答案跟解説：126頁】　　　　　答え：① ② ③ ④

- メモ -

〔3-3〕 **2ばん**　【答案跟解説：129頁】　　　　　答え：① ② ③ ④

- メモ -

124

(3-4) 3ばん 【答案跟解説：132頁】　　　答え：① ② ③ ④

- メモ -

(3-5) 4ばん 【答案跟解説：135頁】　　　答え：① ② ③ ④

- メモ -

(3-6) 5ばん 【答案跟解説：138頁】　　　答え：① ② ③ ④

- メモ -

もんだい3　第1回　第 ① 題 答案跟解說　（3-2）

テレビでアナウンサーが若者と自動車について述べています。

F：近年、自動車を購入する若者の数が減っているといわれています。なぜ若者達は自動車を買わなくなったのでしょうか。

その理由としてまず第一に挙げられるのは、経済的な事情により自動車を買えない若者が増えたことです。しかし、それ以上に興味深いのは、生活習慣そのものの変化によって、自動車に興味を持つ若者が減ったことではないでしょうか。とくに都会で暮らす若者達にとっては、携帯やパソコンがあればネットで買い物ができ、商品を自宅に届けてもらうこともできるので、自動車の必要性は低くなっているといえます。今後、自動車販売台数を伸ばすために、自動車業界は、若者達の興味を引く新しい自動車の楽しみ方を提示していく必要があるのではないでしょうか。

若者と自動車の何について述べていますか。

1　若者が興味を持つ自動車の種類
2　若者が自動車を利用する目的
3　若者の生活習慣の変化が自動車販売に与えた影響
4　若者への自動車販売数増加に向けた業界の取り組み

【譯】

播報員在電視節目中報導年輕人與汽車的相關資訊。

F：近年來,據說年輕人購買汽車的人數逐漸減少。為什麼年輕族群愈來愈不想買汽車了呢?

首先,第一個提出的理由是,由於經濟能力的低落而買不起汽車的年輕人變多了。然而,更值得探討的是,或許由於生活習慣的改變,因而導致對汽車有興趣的年輕人變少了。尤其是住在都市裡的年輕族群,可以說只要有手機或電腦就能從網路購物,而購買的商品也能夠宅配到家裡,從而降低了生活中對汽車的需求性。為了提升汽車的銷售,或許今後汽車業界必須提出嶄新的開車休閒方式,來吸引年輕族群的目光吧。

翻譯與題解

もんだい 1

もんだい 2

もんだい ❸

もんだい 4

もんだい 5

請問主播在報導年輕人與汽車哪方面的相關資訊呢？

1　年輕人有興趣的汽車種類

2　年輕人使用汽車的目的

3　年輕人生活習慣的改變對汽車銷售造成的影響

4　業界為了提升對年輕族群的汽車銷售數量所採取的方案

解 題 關 鍵 と 訣 竅 -- 答案：3

【關鍵句】それ以上に興味深いのは、生活習慣そのものの変化によって、自動車に興味を持つ若者が減ったことではないでしょうか。

! 攻略要點

> 由「まず第一に（首先，第一個…）」這句可以預測到接下來會闡述兩個以上的理由。緊接著出現的是「それ以上に興味深いのは（更值得探討的是）」，可以知道接下來敘述的即是重點。

● 正確答案及說明 ●

▶ 正確答案是選項 3。報導中提到的「それ以上に興味深いのは、生活習慣そのものの変化によって、自動車に興味を持つ若者が減ったことではないでしょうか」或許由於生活習慣的改變，從而導致對汽車有興趣的年輕人變少了，即為答案。

● 其餘錯誤選項分析 ●

▶ 選項 1　關於年輕人有興趣的汽車種類，在敘述中完全沒有提到。

▶ 選項 2　關於年輕人使用汽車的目的，由「携帯やパソコンがあればネットで買い物ができ、商品を自宅に届けてもらうこともできる」這一段可以知道，雖然提到以前出門購物是使用汽車的主要目的之一，但是並沒有直接描敘述的相關段落。

▶ 選項 4　關於業界為了提升對年輕族群的汽車銷售數量所採取的方案是今後的課題，這部分只在最後一段略微提及而已。

● 單字と文法 ●---

□ 第一 第一個　　　　　　　□ 自宅 自家

□ 事情 情形、狀況　　　　　□ 業界 業界

□ 興味深い 值得探討、頗有意思　□ 興味を引く 吸引（某人）目光

□ 都会 都市

翻譯與題解

もんだい1

もんだい2

もんだい❸

もんだい4

もんだい5

家の玄関で、男の人と女の人が話しています。

M：ごめんください。

F：はーい。どなたですか。

M：東日新聞なんですけど、失礼ですがお宅、新聞は何をお読みになってますか。

F：別に決めてないです。読みたいときに読みたい新聞をコンビニで買ってますから。

M：３か月だけでいいですから、取ってもらえませんか。

F：別に毎朝読みたいわけじゃないから、結構です。

M：洗剤五つおつけしますよ。

F：洗剤ならうちにたくさんありますから。

M：今月限りのキャンペーンで、半年以上のご契約で割引もありますよ。

F：すみません。ほんとに結構です。

男の人は何をしに来ましたか。

1　新聞についてのアンケートを取りに来た
2　新聞の契約を取りに来た
3　洗剤をくれに来た
4　洗剤の割引販売に来た

【譯】

男士和女士在家門口交談。

M：打擾了。

F：來了。請問是哪一位？

M：我是東日報的員工。不好意思，請問府上看什麼報紙呢？

F：沒有固定看某一家的報紙。想看的時候，就去便利商店買一份想看的報紙。

M：可以請您訂一份嗎？只要三個月就好。

F：我家沒有每天早上看報的習慣，不用了。

M：還會贈送五盒洗衣粉喔！

F：洗衣粉我家已經有很多了。

M：這個月的特別優惠活動是只要訂閱半年以上，還可以享有折扣喔！

Ｆ：不好意思，我家真的不需要。

請問這位男士來訪的目的是什麼？

1 來做關於報紙的問卷調查

2 來推銷報紙

3 來送洗衣粉

4 來販售有折扣優惠的洗衣粉

解題關鍵と訣竅 -- （答案：2）

【關鍵句】3か月だけでいいですから、取ってもらえませんか。

！攻略要點

男士希望對方「取って（訂閱）」的是什麼呢？既然是Ｎ２級的測驗，當然應該知道「取る（訂、拿、取）」這個簡單的單字吧。但是，愈是基本的單字，更必須了解其各種用法。

◐ 正確答案及說明 ◑

▶ 正確答案是選項２。「３か月だけでいいですから、取ってもらえませんか」，這就是男士來訪的目的。

◐ 其餘錯誤選項分析 ◑

▶ 選項１ 對話中沒有出現「アンケート（問卷）」。男士請教女士看什麼報紙，應該是想批評別家報紙的缺點，說東日報的優點吧。

▶ 選項３、４ 洗衣粉是訂閱了報紙以後的贈品。

🌑 單字と文法 🌑

□ (新聞を) 取る 訂閱（報紙）
  しんぶん　と

□ 洗剤 洗衣粉
  せんざい

□ 限り 只要…、以…為限
  かぎ

□ 契約 契約、合約
  けいやく

□ 割引 折扣
  わりびき

□ アンケート 【〈法〉enquête】 問卷調查

🌑 說法百百種 🌑

▶ 拒絕別人的說法

> 残念ですが、お断り致します。／對不起，我不能接受。
> ざんねん　　　　　ことわ　いた

> 遠慮しております。／恕難從命。
> えんりょ

> 悪いけれど、今時間がありません。／不好意思我現在沒時間。
> わる　　　　　いまじかん

🌑 小知識 🌑

　　在日本，有許多家庭都訂閱特定的報紙，這叫做「新聞を取る（訂閱報紙）」。如果用於「配達してもらって買う（買了以後請店家送來）」的意思，其他還有「すしを取る（訂壽司）」、「ピザを取る（訂披薩）」等用法。「取る」在本題還出現了「アンケートを取る（做問卷）」、「契約を取る（推銷）」等等用法。

テレビで医者が話しています。

M：交通機関の発達した現代社会では、歩く時間が少なくなって運動不足になりがちです。また食生活が欧米化したことによってカロリーの高い食事をとる割合も増えています。それに夜遅くまで起きている人も多くなりましたが、不規則な生活や睡眠不足も太る原因になります。肥満が病気につながることも多いですから、美容という観点からだけでなく健康のためにも、女性に限らず男性も太り過ぎには気をつけてほしいですね。

医者は何について話をしていますか。

1　現代人が太りやすい理由とその影響
2　失敗しないダイエットの方法
3　太り過ぎが原因の病気が増えていること
4　ダイエットに挑戦する人が増えている理由

【譯】

有位醫師在電視節目中發表言論。

M：在大眾交通運輸工具發達的現代社會，人們走路的時間越來越少，導致運動量越來越不足。此外，飲食習慣的西化，也使得攝取高熱量食物的比率日趨增加。再加上熬夜的人變多了，生活不規律和睡眠不足都是造成肥胖的原因。肥胖與許多疾病都有相關，因此不僅從美容觀點，為了身體健康著想，希望不單是女性，男性也必須留意不能過重喔。

請問這位醫師在談什麼議題呢？

1　現代人容易發胖的理由與其帶來的影響
2　不會失敗的減重方法
3　由於過重而導致的疾病日漸增加
4　有越來越多人挑戰減重的理由

翻譯與題解

もんだい

1

もんだい

2

もんだい

❸

もんだい

4

もんだい

5

解 題 關 鍵 ⓔ 訣 竅 --------------------------------------- （答案：1）

【關鍵句】…太る原因になります。

❗ 攻略要點

　　整段論述必須只靠聆聽就要了解內容。內文敘述和答案選項，經常會出現不同的描述方式，請務必注意。

◑ 正確答案及說明 ◐

▶ 正確答案是選項1。第一、二、三段敘述的是「現代人が太りやすい（現代人容易發胖）」的三種因素（如下表），第四段則敘述肥胖對健康造成的影響，以及因此希望不分男女都必須注意切勿過重的結論。

歩く時間が少なくなって運動不足になりがち

＋

カロリーの高い食事をとる割合も増えている

＋

不規則な生活や睡眠不足

↓

現代人が太りやすい理由

◑ 其餘錯誤選項分析 ◐

▶ 選項2　沒有相對應的段落。

▶ 選項3　雖然提到「肥満が病気につながることも多い」，但是並沒有說由於過重而導致的疾病日漸增加。

▶ 選項4　沒有相對應的段落。

□ **交通機関** 大眾交通運輸工具　　□ **肥満** 肥胖

□ **欧米化** 西化　　　　　　　　　□ **美容** 美容

□ **カロリー【calorie】** 熱量、卡路里　□ **に限らず** 不管…都…

□ **不規則** 不規律　　　　　　　　□ **現代人** 現代人

□ **睡眠** 睡眠

● 說法百百種 ●--

▶ 指示建議的說法

このお茶は、太りすぎに悩んでいる人に試してもらいたいものです。
／有體重過重煩惱的人，希望能夠嘗試飲用這種茶。

このお茶はおなかの調子を整えるものです。食べ過ぎの時はぜひお試
しください。／這種茶可以健胃整腸，飲食過量時請務必飲用這種茶。

この植物は日が強すぎると枯れてしまうので、日陰に置いたほうがい
いでしょう。また、零度以下になりそうなときには、室内に入れてく
ださい。／這種植物如果在烈陽下曝曬將會枯萎，建議放在陰涼處。另外，
當氣溫可能低於零度以下時，請將植物移入室內擺放。

翻譯與題解

もんだい 1

もんだい 2

もんだい ❸

もんだい 4

もんだい 5

テレビでリポーターがカレー専門店について取材しています。

F：最近、この辺りではカレー専門店が増えていて、激しい競争になっているそうです。今日はその内の1店をご紹介したいと思います。お食事中におじゃましてすみません。ちょっとお話をうかがっていいですか。

M：はい、いいですよ。

F：よくこちらのお店でお食事なさるんですか。

M：ええ、週に1回は来ますね。

F：この近くには他にもカレー専門のお店が多いようですが、このお店のどんなところが気に入ってますか。

M：そうですね。ソースの種類が豊富で辛さも選べるだけでなく、トンカツとかハンバーグとか上に載せるものも自分で組み合わせられるので、自分好みのカレーを食べられるところですね。

F：そうですか。お値段のほうはどうですか。

M：何も載せなければ他の店よりも安いんですけど、いろいろ載せるとちょっと高くなりますね。でも、この店は上に載せるものがどれもおいしいんですよ。

F：このお店はご飯とキャベツがおかわり自由なのが人気だそうですが。

M：そうみたいですね。でも、僕はご飯は一皿で十分ですけどね。

F：そうですか。お食事中ありがとうございました。

男の人は、この店のカレーについてどう思っていますか。

1　自分オリジナルのカレーを食べられるところがいい
2　自分で作って食べられるところがいい
3　値段が安いところがいい
4　ご飯とキャベツを何度でもおかわりできるところがいい

【譯】

電視節目裡的播報員正在採訪一家咖哩專賣店。

Ｆ：最近這一帶的咖哩專賣店越開越多家，競爭也似乎愈趨白熱化了。今天想為各位介紹其中的一家。不好意思，用餐中打擾了。可以請教您一下嗎？

Ｍ：好，可以呀！

Ｆ：請問您經常來這家店用餐嗎？

Ｍ：是啊，每個星期會來一次喔！

Ｆ：這附近好像還有很多家咖哩專賣店，請問您喜歡這家店的哪些部分呢？

Ｍ：這個嘛…，不但醬汁的種類豐富，也可以選擇辣度，還能夠自由搭配炸豬排或漢堡之類配菜的組合，因此可以吃到自己喜歡的咖哩餐。

Ｆ：原來如此。那麼價錢您覺得如何？

Ｍ：假如沒有另加配菜，價錢比其他家便宜，如果搭上各種配菜就比別家貴一點囉。不過，這家店的配菜每一種都非常好吃喔！

Ｆ：這家店的白飯和高麗菜絲都可以無限續加，聽說這項服務很受歡迎哦？

Ｍ：好像是啊。不過，我只要吃一盤白飯就很飽了。

Ｆ：這樣呀。非常感謝您在用餐中接受訪問！

請問這位男士對這家店的咖哩飯有什麼看法呢？

1　他很滿意能夠吃到自己搭配的特製咖哩飯

2　他很滿意能夠吃到自己下廚做的餐食

3　他很滿意價格便宜

4　他很滿意白飯和高麗菜絲都可以無限續加

解 題 關 鍵 と 訣 竅 --（答案：1）

【關鍵句】自分好みのカレーを食べられるところですね。

！ 攻略要點

　　通常題目在測驗想法或意見的時候，答案選項的敘述十分簡要，但內文敘述會是詳細的說明，因此必須能夠掌握並歸納重點。

● 正確答案及說明 ●

▶ 正確答案是選項 1。男士提到「ソースの種類が豊富で辛さも選べるだけでなく、トンカツとかハンバーグとか上に載せるものも自分で組み合わせられるので、自分好みのカレーを食べられる」，所以他喜歡這家店。

翻譯與題解

もんだい 1

もんだい 2

もんだい ❸

もんだい 4

もんだい 5

● 其餘錯誤選項分析 ●

▶ 選項2 所謂「自分好みのカレーを食べられる」是指能夠選擇自己喜歡的醬汁及配菜的種類；而「自分で作って食べられる」是指能夠吃到自己下廚做的咖哩餐。

▶ 選項3 關於價格，「何も載せなければ他の店よりも安い」，但是對這位男士來説，加購的配菜正是這家店吸引他來用餐的特色。不過，「いろいろ載せるとちょっと高くなりますね」，因此這一家的價格並不算便宜。

▶ 選項4 白飯和高麗菜絲的確都可以無限續加，但是，男士説「僕はご飯は一皿で十分です」。雖然不知道他對於高麗菜絲的續加有什麼看法，但可以續加白飯不是吸引他的優點。

● 單字と文法 ●

□ **専門店** 專賣店

□ **〜店** …家（數量詞）

□ そうですね 這個嘛…

□ **〜好み** 愛好、喜歡…（原為「このみ」，遇到連濁現象讀作「ごのみ」）

□ **〜皿** …盤

□ オリジナル【original】 原創

野球の国際大会に出場した選手が、大会を振り返って話しています。

M：今日は相手に先に点を取られて、苦しい試合になりましたが、チームみんなが最後まで絶対に諦めないという気持ちで戦いました。前回優勝したので、今回も優勝しなければならないという大きなプレッシャーの中で、皆さんの期待に応えることができて今はほっとしています。ただ、自分個人としては、チャンスが何回かあったにもかかわらず、思うように打てなくて、応援してくれたファンの皆さんに申し訳ない気持ちでいっぱいです。しかし、今回、こういう大きな舞台で試合に出られたことは、僕にとってはとてもいい経験になったと思うので、これを次に生かして、今度こそチームの勝利に貢献できるように頑張りたいと思います。

この選手は今大会はどうだったと言っていますか。

1　チームは優勝できたし、自分も活躍したので満足している

2　チームは優勝できたが、自分は活躍できなかったので満足していない

3　チームは優勝できなかったが、自分は活躍したので満足している

4　チームは優勝できなかったし、自分も活躍できなかったので満足していない

【譯】

有位參加了國際棒球大賽的選手正在回顧他對這場大賽的感想。

M：今天這場比賽雖被對手先馳得分，打得非常辛苦，但是全隊的球員都抱著拚到最後一刻、絕不輕言放棄的決心奮戰。由於上一次獲得了冠軍，因此這次出賽更背負了非得奪冠不可的龐大壓力，這樣的結果總算對得起看好我們的各位，現在可以鬆一口氣了。只是，我看自己今天的表現，儘管有好幾次絕佳的機會，打擊結果卻不如預期，覺得對那些支持我的球迷們感到非常愧疚。不過，這次能夠在如此重要的大賽出賽，對我而言是一個非常寶貴的經驗，我會善用這次的經驗，在下次的比賽中盡力發揮，協助球隊奪得勝利。

請問這位選手對於今天這場大賽的結果有什麼樣的感想？

1　不僅所屬球隊獲勝，自己也充分發揮了實力，他感到很滿意
2　雖然所屬球隊獲勝，但是自己並未充分發揮實力，他感到不滿意
3　儘管所屬球隊並未獲勝，但是自己充分發揮了實力，他感到很滿意
4　不僅所屬球隊未能獲勝，自己也並未充分發揮實力，他感到不滿意

翻譯與題解

もんだい 1

もんだい 2

もんだい ❸

もんだい 4

もんだい 5

解 題 關 鍵 と 訣 竅 ----------------------------------- 答案：2

【關鍵句】…、皆さんの期待に応えることができて今はほっとしています。ただ、自分個人としては、チャンスが何回かあったにもかかわらず、思うように打てなくて、…。

! 攻略要點

> 關鍵在於「チーム——優勝できた／できなかった（球隊——奪得冠軍／未能奪冠）」「自分——活躍できた／できなかった（自己——充分發揮了實力／未能充分發揮實力）」這兩段敘述。

◐ 正確答案及說明 ◐

▶ 正確答案是選項 2。選手提到，「前回優勝したので、今回も優勝しなければいけないという大きなプレッシャーの中で、皆さんの期待に応えることができて」，由此可知其所屬球隊獲勝了。不過，「自分個人としては、チャンスが何回もあったにもかかわらず、思うように打てなくて、応援してくれたファンの皆さんに申し訳ない気持ちでいっぱい」，換言之，他自己並未充分發揮實力。

◐ 單字と文法 ◐ ----------------------------------

□ **大会** 大賽

□ **優勝** 優勝、冠軍

□ **応える** 回應

□ チャンス【chance】 機會

□ ～にもかかわらず 儘管…

□ **貢献** 貢獻、奉獻

話し手・書き手の考えや気持ちをつかむのに役立ちます。

【情感、事態等的表現方式】

□ **ことか**／多麼…啊
- ▶ ついに勝った。どれだけうれしい**ことか**。／終於贏了！真不知道該怎麼形容心中的狂喜！

□ **ずにはいられない**／不由得…、禁不住…
- ▶ 気になって、最後まで読ま**ずにはいられない**。／由於深受內容吸引，沒有辦法不讀到最後一個字。

□ **ないではいられない**／不由得…、禁不住…
- ▶ 特売が始まると、買い物に行か**ないではいられない**。／特賣活動一開始，就忍不住想去買。

□ **ものがある**／有…的價值、確實有…的一面
- ▶ 彼のストーリーの組み立て方には、見事な**ものがある**。／他的故事架構實在太精采了。

□ **どころではない**／哪裡還能…、不是…的時候
- ▶ 先々週は風邪を引いて、勉強**どころではなかった**。／上上星期感冒了，哪裡還能唸書啊。

□ **というものだ**／也就是…、就是…
- ▶ この事故で助かるとは、幸運**というものです**。／能在這事故裡得救，算是幸運的了。

□ **次第だ**／要看…而定、決定於…
- ▶ 旅行に行けるかどうかは、父の気分**次第だ**。／是否能去旅行，一切都看爸爸的心情。

概要理解　問題3　第二回　3-1

問題3では、問題用紙に何もいんさつされていません。この問題は、全体としてどんな内容かを聞く問題です。話の前に質問はありません。まず話を聞いてください。それから、質問とせんたくしを聞いて、1から4の中から、最もよいものを一つ選んでください。

3-7 **1ばん**　【答案跟解説：143 頁】　答え： ① ② ③ ④

- メモ -

3-8 **2ばん**　【答案跟解説：146 頁】　答え： ① ② ③ ④

- メモ -

3ばん 【答案跟解説：149 頁】　　　答え：① ② ③ ④

- メモ -

4ばん 【答案跟解説：151 頁】　　　答え：① ② ③ ④

- メモ -

5ばん 【答案跟解説：154 頁】　　　答え：① ② ③ ④

- メモ -

もんだい3　第2回　第 ① 題 答案跟解說

翻譯與題解

もんだい 1

もんだい 2

もんだい ❸

もんだい 4

もんだい 5

家で女の学生と母親が話しています。

F１：お母さん、あとで私の部屋にも掃除機かけといてくれる？

F２：どこか出かけるの？

F１：うん、友達と映画行くことになってるの。2時に出かけるから。

F２：それならまだ2時間もあるじゃない。

F１：だってその前にシャワー浴びたりしたいんだもん。

F２：だったら、帰ってきてからやればいいでしょう？

F１：いつもやってくれてるじゃない。

F２：これまでは受験勉強で忙しかったからやってあげてたんです。も
う終わったんだから、これからは自分でしなさい。

F１：そうだけどさ。どうせリビングも掃除機かけるんだから、ついで
にやってくれてもいいじゃない。

F２：いい加減にしなさい。いつまでもそんなこと言ってると、全部の
部屋の掃除やらせるわよ。

母親の言いたいことは何ですか。

1　時間があるときでいいから、自分で掃除しなさい

2　今日の勉強はもう終わったのだから、自分で掃除しなさい

3　リビングを掃除するのだから、ついでに自分の部屋も掃除しなさい

4　適当にやればいいから、全部の部屋を自分で掃除しなさい

【譯】

女學生和母親在家裡交談。

F１：媽媽，等一下可以順便用吸塵器幫我打掃房間嗎？

F２：妳要出門嗎？

F１：嗯，我跟朋友約好要去看電影。兩點要出門。

F２：那不是還有兩個小時嗎？

F１：叮是人家想在出門前沖個澡嘛！

F２：既然這樣，等妳回來再自己打掃不就行了？

F１：妳平常不都是幫我弄嘛。

F2：以前是因為妳忙著準備升學考試，所以才幫妳打掃。現在已經考完了，往後要自己做！

F1：話是沒錯啦，可是反正客廳也要用到吸塵器，那就順手幫人家掃一下有什麼關係嘛。

F2：妳夠了沒！再這樣耍賴下去，所有的房間統統叫妳來掃！

請問這位母親想表達的意思什麼？

1　等到有空的時候再自己打掃

2　今天已經用功完畢了，所以要自己打掃

3　反正要打掃客廳，所以順便也打掃自己的房間

4　大致清理一下就好，所有的房間統統自己打掃

🅗🅔🅓🅔🅡🅔🅣🅔🅢 ┈┈┈┈┈┈┈┈┈┈┈┈┈┈┈┈┈┈┈┈┈┈┈ （答案：1）

【關鍵句】帰ってきてからやればいいでしょう？

これからは自分でしなさい。

（！）攻略要點

　　母親想表達的「部屋を掃除しなさい」這部分已經無庸置疑了。問題是：什麼時候？哪個房間？為什麼？

⬤ 正確答案及說明 ⬤

▶ 正確答案是選項1。由於母親提到「帰ってきてからやればいいでしょう？」，因此意思是等到女學生有空的時候再自己打掃就行了。

⬤ 其餘錯誤選項分析 ⬤

▶ 選項2　「もう終わった」的是「受験勉強」升學考試。

▶ 選項3　女學生提到「どうせリビングも掃除機かけるんだから」，母親對此也沒有否認，亦即用吸塵器打掃客廳的是母親，因此女學生無法「ついで」打掃自己的房間。

▶ 選項4　母親斥責「いつまでもそんなこと言ってると、全部の部屋の掃除やらせるわよ」，所以只要女學生閉嘴，不「そんなこと」繼續說下去，就不必打掃所有的房間了。所謂「いい加減にしなさ

い」是指「ほどほどのところでやめなさい（說到這地步就該適可而止了）」，而不是「適当にやりなさい（大致做一下）」的意思。

🔵 單字と文法 🔵--

□ (掃除機を) かける　使用（吸塵器）

□ じゃない　不是…嗎

□ 浴びる　沖（澡）；曬（太陽等）

□ 受験勉強　入學考試

□ 加減　適當、恰當、程度

□ いい加減にしなさい　請適可而止、
　　夠了沒

🔵 說法百百種 🔵--

▶ 不滿、抱怨的說法

調子に乗るなよ。／別得寸進尺了！

大きなお世話だよ。／不用你雞婆啦！

勘弁してよ。／你就饒了我吧！

コンビニの事務室で男の店長と女の人が面接しています。

M：それでは、毎週火曜日と木曜日の午後6時から9時までということ
　　でよろしいですね。

F：はい、よろしくお願いします。

M：前の時間の人との引き継ぎをしなければいけませんから、遅くても
　　10分前には事務室に入って、5分前にはお店に出るようにしてくだ
　　さい。それから、終わる時も時間になったからといってすぐに事務
　　室に引っ込まないで、レジにお客さんが並んでいる時などはちょう
　　どいいところまで手伝ってもらわなければなりませんよ。

F：はい、分かりました。

M：最初のうちは掃除や棚の整理が中心だけど、慣れてきたら少しずつ
　　他のこともやってもらいます。宅配便とかインターネット商品の受
　　け渡しとか、覚えてもらわなければならないことがたくさんありま
　　すから、頑張ってください。

F：結構大変そうですね。大丈夫かな。

M：一緒にやってもらう太田さんはベテランだし、親切だから大丈夫で
　　すよ。あ、それからもし休むときには、代わりの人を探さなくちゃ
　　いけないから、早めに連絡してくださいね。それじゃ、来週からお
　　願いします。

男の店長の話した内容と合っているのはどれですか。

1　5時50分までには店に出て、仕事を始めなければならない

2　覚えなければならないことはたくさんあるが、心配しなくてもいい

3　仕事を始めるときは毎回、最初に掃除と棚の整理をしなくてはなら
　　ない

4　仕事を休むときは、自分で代わりの人を探さなくてはならない

翻譯與題解

もんだい
1

もんだい
2

もんだい
❸

もんだい
4

もんだい
5

【譯】

男店長在便利商店的辦公室裡面試一位女士。

M：那麼，請妳每週二和週四的下午 6 點到 9 點之間來打工，這樣可以吧？

F：好的，請多多指教。

M：由於還必須與上一個時段的同事交接工作，因此最遲必須提前10分鐘抵達辦公室、提前 5 分鐘進入店裡。還有，工作結束時也不能時間一到就立刻回到辦公室裡，當收銀機前面還有顧客在排隊時，必須幫忙到告一個段落才可以下班喔！

F：好的，我明白了。

M：起初主要的工作是打掃擦拭和整理貨架，等到上手了以後再慢慢學習其他項目。例如收受和轉交宅配和網路購物的商品等等，有很多工作都得學會怎麼做才行，請加油！

F：聽起來似乎很難，不曉得我學得會嗎？

M：和妳一起工作的太田小姐已經是老手了，為人很親切，不會有問題的。啊，還有，萬一要請假的時候，店裡必須找人來代班，請盡早告知喔！那麼，就麻煩從下星期開始來上班。

請問以下哪一項符合這位男店長的談話內容呢？

1　必須在 5 點50分之前進入店裡開始工作才行

2　雖然有很多工作都得學會怎麼做才行，但是可以不用擔心

3　每一次工作的時候都必須先從打掃擦拭和整理貨架開始做起

4　要請假的時候必須自己找人來代班才行

 ----------------------- 答案：2

【關鍵句】覚えてもらわなければならないことがたくさんありますから、頑張ってください。
大丈夫ですよ。

❗ 攻略要點

「話した内容と合っているのはどれですか（哪一項符合談話內容呢）」這樣的問法，答案選項和對話內容的敘述通常不太一樣，因此不能僅僅對照單詞尋找答案，必須從內文段落找到對應的部分。

🔵 正確答案及說明 🔵

▶ 正確答案是選項2。男店長説,雖然「覚えてもらわなければならないことがたくさんあります」,但是「大丈夫ですよ(不會有問題的)」,也就是要女士「心配しなくてもいい(不用擔心)」。

🔵 其餘錯誤選項分析 🔵

▶ 選項1　女士的上班時間是從下午6點開始。但是,「遅くても10分前には事務室に入って、5分前にはお店に出るようにしてください」,換言之,她最晚必須在5點55分之前進入店裡開始工作。

▶ 選項3　男店長説的「最初のうちは掃除や棚の整理が中心」這句話的「最初のうち」,指的是剛開始打工那段期間,而不是每次上班的一開始。

▶ 選項4　由男店長的這段話「もし休むときには、代わりの人を探さなくちゃいけないから、早めに連絡してくださいね」,可以知道只要事先告知就可以了。

🔵 單字と文法 🔵 --

□ **事務室** 辦公室　　　　　　　□ **〜からといって** 即使…也…

□ **店長** 店長　　　　　　　　　□ **引っ込む** 退下、回到

□ **引き継ぎ** 交接　　　　　　　□ **受け渡し** 轉交

翻譯與題解

もんだい 1

もんだい 2

もんだい ❸

もんだい 4

もんだい 5

テレビで男の人が飲酒運転による交通事故について話しています。

M：飲酒運転による交通事故は、最悪だった平成12年には、年間2万5千件を超えていましたが、その後は減少傾向が続き、平成22年には10年前の約5分の1にまで減少しました。警察による取り締まりの強化や、交通安全教育などの対策が一定の成果をあげているといえますが、それでも飲酒運転による事故は依然として後を絶ちません。飲酒運転による死亡事故の発生率は飲酒なしの場合の約8.7倍もあり、その危険性の高さが分かります。飲酒運転は重大な事故につながる悪質な違反で•す。飲酒運転を完全になくすためには、国民一人ひとりが「飲酒運転を絶対にしない、させない」という強い意志を持つことが何よりも重要です。

男の人の話の内容に合うのはどれですか。

1　飲酒運転がなくならないのは警察の対策が不十分だからである
2　飲酒運転による死亡事故の発生率は10年前よりも増加している
3　飲酒運転をなくすためには国民の意識の向上が必要である
4　飲酒運転による交通事故は減少したが、逆に飲酒なしの事故が増加した

【譯】

有位男士在電視節目中發表對於酒駕造成交通事故的看法。

M：由於酒駕造成的交通事故，最嚴重的年度是平成12年，全年統計超過了 2 萬 5 千起事故，之後逐年遞減，到了平成22年，已經大約降低至10年前的五分之一了。儘管警察的加強取締，以及交通安全宣導等對策均發揮了一定的成效，但是仍然無法遏止酒駕肇事的發生。酒駕導致的死亡車禍發生率高達未酒駕的8.7倍，由此可以了解其高度的危險性。酒駕是造成重大車禍的惡劣違規。為了徹底杜絕酒後開車，最重要的是每一位國民都要秉持「自己絕對不酒駕，也絕不讓人酒駕」的強烈意識。

請問以下哪一項符合這位男士的談話內容呢？

1　酒駕無法減少是由於警察的對策不夠完整
2　酒駕導致的死亡車禍發生率比10年前更高

3 為了杜絕酒駕，必須提升國民的意識

4 酒駕導致的交通事故雖然已經減少了，但未酒駕的事故反而增加了

解題關鍵と訣竅 --- 答案：3

【關鍵句】飲酒運転を完全になくすためには、国民一人ひとりが「飲酒運転を
絶対にしない、させない」という強い意志を持つことが何よりも重要
です。

! 攻略要點

　　本題出現了好幾個數字，全都是擾亂應試者的煙霧彈，必須聽完整段談
話才能作答。

● 正確答案及說明 ●

▶ 正確答案是選項3。最後一段即為男士想說的結論，亦與這個選項相符。

● 其餘錯誤選項分析 ●

▶ 選項1　男士的敘述是「警察による取り締まりの強化や、交通安全教育
などの対策が一定の成果をあげているといえます」。即便如此，
仍然無法遏止酒駕事故的發生。因為除了警察的對策以外，其他
應該做的事情還有待努力。

▶ 選項2　酒駕造成的交通事故已經「10年前の約5分の1にまで減少」，
男士也敘述了「飲酒運転による死亡事故の発生率は飲酒なしの
場合の約8.7倍」，但是關於酒駕導致「死亡事故」發生率，他
並沒有提到目前與10年前的比較。

▶ 選項4　男士並未敘述「飲酒なしの事故」的發生件數。

● 單字と文法 ● ---

□ **飲酒**　飲酒

□ **最悪**　最惡劣、最嚴重

□ **傾向**　傾向、趨勢

□ **強化**　加強

□ **対策**　對策、應付方法

□ **なし**　未…、沒有…

□ **意志**　意識

もんだい3　第2回　第❹題 答案跟解說　〔3-10〕

日本人の男の人と台湾人の女の人が、名古屋のあるラーメン屋で話しています。

M：僕は台湾ラーメンにするよ。名古屋に来たらやっぱりこれを食べないとね。林さんは名古屋は初めてだよね？

F：はい。台湾ラーメンって名古屋名物だそうですね。私も試してみます。

M：でも、すっごく辛いから、初めての人はアメリカンにするほうがいいかもしれないよ。

F：アメリカのラーメンもあるんですか。

M：いや、頼むときにそう言うと辛さを少し抑えてくれるんだ。コーヒーでも薄味のことをアメリカンって言うじゃない？ほんとはそういう意味じゃないらしいけど。

F：じゃ、私はアメリカンにします。でも、名古屋名物なのに台湾ラーメンなんて面白いですよね。

M：名古屋で台湾料理店をやってる台湾人が台湾の麺料理を辛くアレンジしたのが始まりなんだってね。それで、そういう名前らしいよ。僕も最初はてっきり台湾から日本に伝わったものだと思ってたよ。

F：台湾には台湾ラーメンなんて名前のラーメンはありませんよ。それに、その元になった麺料理だって、台湾人からすれば名古屋の台湾ラーメンとは全然似てませんしね。

台湾ラーメンとはどのようなものですか。

1　アメリカのラーメンの辛さを抑えたもの
2　名古屋に住んでいる台湾人が考えたもの
3　台湾の麺料理が日本に伝わったもの
4　本当の台湾ラーメンとは全然関係のないもの

【譯】

日本男士和台灣女士在一家位於名古屋的拉麵店交談。

M：我要吃台灣拉麵喔。來到名古屋就一定要吃這道料理才行。林小姐是第一次來名古屋吧？

Ｆ：對。聽說台灣拉麵是名古屋知名料理呢。我也要吃吃看。

Ｍ：可是，這種拉麵非常辣，第一次嘗試的人或許吃美式的比較好哦。

Ｆ：這裡連美國的拉麵都賣嗎？

Ｍ：不是的，而是點餐的時候只要這樣說，店家就會把辣度降低。咖啡也一樣，比較
　　淡的那種不是就叫美式嗎？雖然聽說其實並不是那樣的意思。

Ｆ：那，我要美式的。不過，名古屋的知名料理居然是台灣拉麵，實在很有趣耶！

Ｍ：聽說最早是有位台灣人在名古屋開起台灣餐館，店裡的台灣麵食煮得很辣，成了
　　這道料理的起源。所以，才會叫那樣的名稱。我一開始還以為想必是從台灣傳到
　　了日本的麵食呢。

Ｆ：在台灣，根本沒有麵食叫做台灣拉麵這樣的名稱呢！而且，就連其前身的那道台
　　灣麵食，由台灣人看來，和名古屋的台灣拉麵根本不像呀！

請問所謂的台灣拉麵是什麼樣的東西呢？

1　把美國的拉麵辣度降低的東西

2　住在名古屋的台灣人創造出來的東西

3　台灣的麵食傳到了日本的東西

4　和真正的台灣拉麵完全不相關的東西

 解 題 關 鍵 之 訣 竅 -- 答案：2

【關鍵句】名古屋
なごや
で台湾料理店
たいわんりょうりてん
をやってる台湾人
たいわんじん
が台湾
たいわん
の麺料理
めんりょうり
を辛く
から
アレンジ
　　　　　したのが始
はじ
まりなんだってね。

! 攻略要點

　　由於交談的兩人都曉得什麼是「台湾ラーメン（台灣拉麵）」，因此沒
有特別彙整並解釋「台湾ラーメンとは何か（什麼叫做台灣拉麵）」的段落。
必須要把零星出現的資料加以彙整之後才能作答。

● 正確答案及說明 ●

▶ 正確答案是選項2。所謂的台灣拉麵是指「名古屋で台湾料理店をやって
　る台湾人が台湾の麺料理を辛くアレンジしたのが始まり」。

翻譯與題解

もんだい 1

もんだい 2

もんだい ❸

もんだい 4

もんだい 5

其餘錯誤選項分析

▶ 選項1　在點用「台湾ラーメン」時告訴店家要「アメリカン」的，店家就會把辣度降低。但是在對話裡沒有提到「アメリカのラーメン」。

▶ 選項3　雖然台灣拉麵的前身是台灣的麵食，但卻已經變化成完全不同的料理了，所以不能説「台湾の麺料理が日本に伝わったもの」。此外，由特定的個人介紹的時候，與其用「伝わった」，應該使用「伝えた」比較恰當。

▶ 選項4　由於台灣並沒有叫做「台湾ラーメン」這種名稱的麵食，因此不能稱為「本当の台湾ラーメン」。此外，既然是模仿台灣的麵食而來，也不能説與台灣完全沒有關係。

單字と文法

□ **名物**（めいぶつ）特産

□ **アメリカン**【American】美式

□ **薄味**（うすあじ）（味道）清淡

□ **アレンジ**【arrange】改創、改作

□ **元**（もと）原本

□ **～からすれば**　從…來看

小知識

　　台灣拉麵可以在名古屋和其周邊地區吃得到，其他地方則幾乎沒有這道料理，知道的人也很少。至於這道料理的前身則是「擔仔麵」。

テレビで男の人が話しています。

M：昨年の株式市場は、年の初めの予想に比べ非常に厳しいものとなりました。世界的な不況の中で、日本経済もその影響を大きく受けたといえるでしょう。大手銀行の倒産が発表された4月を境に、株価は徐々に下がり始め、8月には一気に下落しています。10月に昨年の最安値をつけたあとも、回復傾向は見られず、今年2月になっても依然として低空飛行が続いています。したがって、今後の景気回復についても楽観できる状況にはありません。

男の人は何の話をしていますか。

1　昨年の株価の動きと今後の予想
2　大手銀行の倒産をきっかけに株価が下落した理由
3　株価の下落が生活に与える影響
4　株価を予想することの難しさ

【譯】

有位男士正在電視節目中發表言論。

M：去年的股票市場對照年初的預測，呈現非常嚴峻的狀態。在全球不景氣之下，日本的經濟可以說也受到了極大的影響。以大型銀行宣布了倒閉的4月作為分水嶺，股價開始逐漸下滑，到了8月更是一口氣探底。在10月創下了去年的跌停價，之後也不見反彈的趨勢，到了今年2月依然持續在低空盤旋。因此，關於往後的景氣恢復，還是無法樂觀看待。

請問這位男士在談什麼議題呢？

1　去年的股價動態與今後的預測
2　自從大型銀行倒閉之後股價開始下滑的理由
3　股價下滑對生活造成的影響
4　預測股價的難度

解 題 關 鍵 と 訣 竅 --- 答案：1

【關鍵句】昨年の株式市場は、年の初めの予想に比べ非常に厳しいものとなりました。
　　　　したがって、今後の景気回復についても楽観できる状況にはありません。

翻譯與題解

もんだい
1

もんだい
2

もんだい
❸

もんだい
4

もんだい
5

攻略要點

> 　　答案選項和敘述內文出現很多不同的敘述方式，不能只靠單詞對照，必須找出內文的對應段落才能作答。

● 正確答案及說明 ●

▶ 正確答案是選項1。首先在第一段裡，大致描述了去年股票市場的概況，接下來再詳細分析。最後一段則是「今後の予想（今後的預測）」。

● 其餘錯誤選項分析 ●

▶ 選項2　　的確自從大型銀行宣布倒閉之後，股價就開始下滑，但是並沒有敘述此一現象的「理由」。

▶ 選項3、4　　論述中並沒有提到這個話題。

● 單字と文法 ● -------------------------------

□ **境**（さかい） 界限、分水嶺　　□ **飛行**（ひこう） 飛行　　　　□ **景気**（けいき） 景氣

□ **株価**（かぶか） 股價　　　　　□ **低空飛行が続く**（ていくうひこうがつづく）（比喻表現）　　□ **～をきっかけに** 自從…
　　　　　　　　　　　　　　　持續在低空盤旋
□ **徐々に**（じょじょに） 逐漸

□ **回復**（かいふく） 恢復；康復

● 說法百百種 ● -------------------------------

▶「增」「減」的對義詞說法

増大（ぞうだい）－減少（げんしょう）／增大－減少

激増（げきぞう）－激減（げきげん）／激增－銳減

急増（きゅうぞう）－急減（きゅうげん）／突然增加－突然減少

倍増（ばいぞう）－半減（はんげん）／倍增－減半

増額（ぞうがく）－減額（げんがく）／增額－減額

増税（ぞうぜい）－減税（げんぜい）／增稅－減稅

フレーズとフレーズをつなぐ言い方と、接続詞を勉強しましょう。

【句型及接續詞】

□ 以上（は）／既然…

▸ 彼の決意が固い以上、止めても無駄だ。／既然他已經下定決心，就算想阻止也是沒用的。

□ 上は／既然…

▸ やると決めた上は、最後までやり抜きます。／既然決定要做了，就會堅持到最後一刻。

□ ことだから／因為是…，所以…

▸ あなたのことだから、きっと夢を実現させるでしょう。／因為是你，所以一定可以讓夢想實現吧！

□ あまり（に）／由於過度…

▸ 父の死を聞いて、驚きのあまり言葉を失った。／聽到父親的死訊，在過度震驚之下說不出話來。

□ ことから／因為…

▸ 顔がそっくりなことから、双子だと分かった。／因為長得很像，所以知道是雙胞胎。

□ せいで・せいだ／因為…的緣故、都怪…

▸ 電車が遅れたせいで、会議に遅刻した。／都怪電車誤點，所以開會遲到了。

□ おかげで・おかげだ／多虧…、因為…

▸ 街灯のおかげで夜でも安心して道を歩けます。／有了街燈，夜晚才能安心的走在路上。

□ **だけに**／正因為…，所以…

▸ 有名な大学だけに、入るのは難しい。／正因為是著名的大學，所以特別難進。

□ **ばかりに**／就因為…

▸ 過半数がとれなかったばかりに、議案は否決された。／就因為沒有過半數，所以議案被否決了。

□ **だから**／所以

▸ 明日の出発は朝5時だ。だから、もう寝なくちゃ。／明天出發時間是早上五點。所以不趕快睡不行！

□ **それで**／因此

▸ 雨が降った。それで今日の運動会は中止になった。／下雨了。所以決定取消今天的運動會。

□ **したがって**／因此

▸ 私に過失はない。したがって賠償するつもりはない。／我沒有過失。因此沒有賠償的打算。

□ **そのため（に）**／因此、所以

▸ 台風が来る。そのため、明日は休みだろう。／颱風要來了。所以明天會放假吧。

□ **だって**／因為（表示將自身行為正當化的理由）

▸ 「どうして食べないの？」「だってお腹いっぱいなんだもん。」／「你怎麼不吃呢？」「因為我很飽嘛！」

概要理解　問題3　第三回　　(3-1)

問題3では、問題用紙に何もいんさつされていません。この問題は、全体としてどんな内容かを聞く問題です。話の前に質問はありません。まず話を聞いてください。それから、質問とせんたくしを聞いて、1から4の中から、最もよいものを一つ選んでください。

(3-12)　**1ばん**　【答案跟解説：160頁】　　答え：① ② ③ ④

- メモ -

(3-12)　**2ばん**　【答案跟解説：163頁】　　答え：① ② ③ ④

- メモ -

答え：① ② ③ ④

- メモ -

答え：① ② ③ ④

- メモ -

模擬試験

もんだい
1

もんだい
2

もんだい
❸

もんだい
4

もんだい
5

もんだい3　第3回　第 ① 題 答案跟解說　　　(3-12)

男の留学生と女の学生が話しています。

M：山本さん、「ＤＱＮネーム」って何ですか。

F：あ、ジョンさん。「ＤＱＮ」？ああ、「ドキュンネーム」のことね。普通と違う読み方をする名前や、読み方は普通でも常識では考えられないような名前のことをＤＱＮネームって書いてドキュンネームっていうの。キラキラネームともいうわね。

M：最近日本ではこういう名前の付け方がはやってるそうですね。でも、これって法律的には問題ないんですか。

F：うん、日本の法律では人の名前に使える漢字は限定されてるけど、読み方については決まりがないんだって。だから極端な話、「白」って書いて「くろ」って読んでも法律上は問題ないらしいよ。

M：へえ。山本さんも将来子どもができたら面白い名前をつけたいですか。

F：そんなことしたら、子どもが大きくなってから困るんじゃないかな。だって、いちいち読み方教えなくちゃいけないからめんどうだし、それが理由でからかわれかねないから。

M：でも、あと何年かしたらこういうのが普通になって、今普通だと思われてる名前が逆に珍しい名前になるかもしれませんね。

F：逆に普通の名前の子が将来はからかわれたりしてね。でも、名前は親から子どもへの最初の贈り物だっていうから、よく考えて付けてあげるのがいいと思うな。

女の学生は、普通とは違う読み方の名前についてどう思っていますか。

1　法律上は問題ないのでかまわない
2　面白いから自分の子どもにもつけたい
3　子どもが大きくなってから困るかもしれないので、よくない
4　将来は普通の名前が珍しくなるので、普通の名前のほうがよい

【譯】

男留學生和女學生在交談。

M：山本小姐，請問「DQN Name」是什麼？

Ｆ：啊，喬先生。…「DQN」？喔喔，你說的是「罕見名字」吧？比方名字的讀音不同於一般讀法、或是名字的讀音正常但用字組合令人咋舌，這樣的名字就叫罕見名字，也寫做DQN Name，還有另一個名稱是亮晶晶名字喔。

M：最近日本似乎很流行這種命名方式耶！不過，這樣做在法律上沒有問題嗎？

Ｆ：嗯，日本的法律雖然規定了可以用來命名的漢字，但是並沒有限制讀法。所以，舉個極端的例子，如果寫的是「白」，卻硬要讀成「黑」，在法律上好像也沒有問題。

M：是哦。山本小姐以後有了孩子，會想幫孩子取個有趣的名字嗎？

Ｆ：要是那樣做的話，等到孩子長大以後不是會很困擾嗎？因為這樣必須常常解釋自己名字的讀法，非常麻煩，說不定還會因為這樣而遭到嘲笑呢。

M：不過，說不定再過幾年，這樣的名字反而變得很普通，而現在很普通的名字反而變成很少見的名字哦！

Ｆ：結果名字普通的孩子反而以後會被嘲笑囉。不過，名字是父母送給孩子的第一個禮物，我想，為孩子取名字時還是應該用心思考比較好吧。

女學生對於讀音不同於一般讀法的名字有什麼看法呢？

1　在法律上沒有問題，所以無所謂

2　因為很有趣，所以也想幫自己的孩子取這種名字

3　等到孩子長大以後說不定會發生困擾，所以覺得這樣做不妥

4　現在很普通的名字以後會變成很少見，所以取普通的名字比較好

 解 題 關 鍵 と 訣 竅 -- 答案：**3**

【關鍵句】そんなことしたら、子どもが大きくなってから困るんじゃないかな。

! 攻略要點

　　在男留學生提問「山本さんも将来子どもができたら面白い名前をつけたいですか」之後，必須預測到接下來女學生會闡述她的想法。

⬤ 正確答案及說明 ⬤

▶ 正確答案是選項 3。在法律上確實沒有問題，現在覺得普通的名字，或許也無法排除未來會遭到嘲笑的可能性，但就現在而言，她認為「子どもが大きくなってから困るんじゃないか」，換言之，她覺得還是不要取罕見名字比較好。

⬤ 單字と文法 ⬤ -

□ **常識** 常理、常識

□ **極端** 極端

□ **極端な話** 極端的例子

□ **からかう** 嘲笑

□ **かねない** 也許會…、很可能…

□ **将来** 將來、以後

162

翻譯與題解

もんだい
1

もんだい
2

もんだい
❸

もんだい
4

もんだい
5

デパートでアナウンスが流れています。

F：お客様にご連絡いたします。ただ今緊急地震速報が発表されました。まもなく強い地震が来ます。お客様におかれましては、ただちに、窓ガラスや商品棚から離れて、柱のそばや壁ぎわに身を寄せてしゃがんでください。高い棚から商品が落ちてくる恐れがありますので、かばんや買い物かごなどで頭を守ってください。小さなお子様をお連れのお客様はお子様と手をつないで、決して離れないようにしてください。

揺れている間に外に出るのは大変危険です。揺れが収まりましたら、店員が出口までご案内いたしますので、慌てず店員の指示に従ってください。ご高齢のお客様やお体のご不自由なお客様をご優先的にご案内いたしますので、ご協力をお願いします。また避難する際には決してエレベーターはご使用にならず、階段をご利用ください。

デパートで地震にあった際の客の行動として、正しいものはどれですか。

1　今いる場所にしゃがんで動かない

2　棚から商品が落ちてこないようにかばんや買い物かごなどでおさえる

3　高齢者や体の不自由な人を出口まで案内する

4　すぐに安全な場所に移動して身を守り、店員の指示を待つ

【譯】

百貨公司正在廣播。

F：各位顧客請注意。政府剛才發布了緊急地震快報。強烈地震即將來襲。請各位顧客現在立刻遠離玻璃窗和貨架，緊靠著柱子和牆邊蹲下。商品很可能從高處的貨架上掉落，請舉起皮包或購物籃保護頭部。帶著小孩的顧客請牽好小孩的手，千萬別讓小孩離開您的身邊。

搖晃期間跑到戶外非常危險。等到停止搖晃之後，店員將會引導各位前往出口，請不要慌張，依照店員的指示移動。店員將會優先引導年長和身障的顧客，請各位協助禮讓。此外，疏散時請千萬不要搭乘電梯，請改走樓梯。

顧客在百貨公司遇到地震時應該採取的行動，請問下列哪一項是正確的？

1 在目前的位置蹲下來不動

2 為了避免商品從貨架上掉下來，要拿皮包或購物籃護住貨架

3 引導年長者和身障者到出口

4 立刻前往安全的地方保護好自己，等候店員的指示

解題關鍵と訣竅 -- 答案：4

【關鍵句】…、窓ガラスや商品棚から離れて、柱のそばや壁ぎわに身を寄せてしゃがんでください。
店員が出口までご案内いたしますので、慌てず店員の指示に従ってください。

! 攻略要點

　　雖然必須了解廣播的完整內容，但就算無法聽得很清楚，對於和日本同樣身處地震帶的台灣人，應該可以根據常識選出正確答案吧。

◐ 正確答案及說明 ◑

▶ 正確答案是選項 4。「窓ガラスや商品棚から離れて、柱のそばや壁ぎわに身を寄せて」亦即「すぐに安全な場所に移動して」。至於「しゃがむ」、「頭を守る」，也就是「身を守る」。然後，「店員が出口までご案内いたしますので、慌てず店員の指示に従ってください」，也就是等候店員的指示。

◐ 其餘錯誤選項分析 ◑

▶ 選項1　應該是「窓ガラスや商品棚から離れて、柱のそばや壁ぎわに身を寄せて」再蹲下。

▶ 選項2　皮包或購物籃應該用在保護頭部。

▶ 選項3　「高齢者や体の不自由な人を出口まで案内する」是由店員來做。所謂「ご協力をお願いします」的意思是，店員會先引導前述年長和身障顧客疏散，希望其他人依序等候。

翻譯與題解

もんだい

1

もんだい

2

もんだい

❸

もんだい

4

もんだい

5

● 單字と文法 ●

□ **まもなく** 即將

□ **しゃがむ** 蹲下

□ **ただちに** 立刻

□ **買い物かご** 購物籃

□ **身** 身體

□ **お連れの** 帶著的

● 說法百百種 ●

▶ 指示說明的說法

線路の方へ行くと、左へ曲がる道がありますから、そこで曲がってください。つきあたりが駐車場になってます。／開到鐵軌那邊的時候，有一條左轉道，請在那裡轉彎，一直開到盡頭就是停車場了。

受験番号、1番から30番までの方は1階、31番から60番までの方は2階、61番以上の方は3階の教室です。それでは移動してください。／准考證號碼1號到30號的考生在1樓教室，31號到60號的考生在2樓教室，61號之後的考生在3樓教室。現在請到考場應試。

ここの温泉はお湯の温度が高いので、5分ぐらい入ったらいったん出て、水のシャワーで体を冷やしてください。
／由於這裡的溫泉溫度較高，請浸泡5分鐘左右之後起身，用冷水淋浴以降低體溫。

● 小知識 ●

　　所謂「緊急地震速報（緊急地震快報）」是指地震的預報。一旦偵測到初期的微弱震動，就能計算與預測震度並且發布警報。P波和S波的傳遞速度不同，在主震到達之前有些許的時間差，甚至可長達幾十秒，對於保護生命安全極有助益。日本於2007年起開始正式啟用這種地震預警系統。

家で女の人と男の人がネットの将棋中継を見ながら話しています。

F：さっきから何をそんなに熱心に見てるの？

M：ああ、これ？プロの将棋の棋士とコンピューターの将棋ソフトの対戦をネットで生中継してるんだ。

F：ふうん。やっぱりまだ人間のほうが強いんでしょ？

M：そんなことないよ。最近は将棋ソフトも飛躍的に進歩したから。今のところは将棋ソフトのほうが少し有利かな。

F：へえ、人間が負けそうなんだ。将棋ソフトってそんなに強いの？

M：うん。なんでもこのソフトには最近20年間の実際のプロ棋士同士の対戦データがインプットされていて、1秒間に2億5千万手以上先を予測することができるらしいよ。

F：へえ、すごーい。そんなのに人間が勝てるわけないよね。

M：それが、そうならないところが、プロのすごいところなんだ。今日対戦してる人は特に後半に強い人だから、僕はいけると思うな。

F：でも、1秒間に2億5千万でしょ。そんなの人間の能力を完全に超えてるじゃない。

M：そりゃ、処理能力の速さだけで比べたら人間がコンピューターに勝てるわけないよ。でも、将棋って速さだけじゃ決まらないから面白いんだよ。あとで結果が分かったら教えてあげるよ。

二人はプロ棋士と将棋ソフトのどちらが勝つと言っていますか。

1　男の人はプロ棋士が勝つと言っているが、女の人は将棋ソフトが勝つと言っている

2　男の人は将棋ソフトが勝つと言っているが、女の人はプロ棋士が勝つと言っている

3　二人ともプロ棋士が勝つと言っている

4　二人とも将棋ソフトが勝つと言っている

翻譯與題解

もんだい

1

もんだい

2

もんだい

❸

もんだい

4

もんだい

5

【譯】

女士和男士在家裡一面觀看網路實況轉播的日本象棋比賽，一面交談。

Ｆ：你從剛才就一直看得那麼專注，在看什麼呀？

Ｍ：喔喔，妳是說這個？這是專業棋士和電腦的日本象棋軟體對奕的網路實況轉播。

Ｆ：這樣哦。目前應該還是人類比較強吧？

Ｍ：才不是呢！因為近來日本象棋軟體有飛躍性的進步，目前是日本象棋軟體比較占上風哦。

Ｆ：是哦？人類快要輸了喔？日本象棋軟體真有那麼強嗎？

Ｍ：嗯。聽說這種軟體儲存了近20年來專業棋士實際對奕的棋局資料，聽說1秒鐘就能預測後續超過2億5千萬著棋喔！

Ｆ：是哦，好厲害喔！既然那麼強，人類根本贏不了吧？

Ｍ：但是，專業棋士的厲害就在於不讓電腦軟體預測到下一著棋。今天和軟體對奕棋士的強項是在下半局常能反敗為勝，我想應該有獲勝的可能喔。

Ｆ：可是，1秒鐘預測2億5千萬著棋耶！那不是完全超越了人類的能力嗎？

Ｍ：當然啦，假如只比處理能力的速度，人類當然贏不了電腦啊。不過，日本象棋並不是只取決於速度，這就是精妙之處呀！等一下分出勝負之後，我會把結果會告訴妳的。

這兩位認為專業棋士和日本象棋軟體哪一方會獲勝呢？

1　男士說專業棋士會獲勝，女士說日本象棋軟體會獲勝

2　男士說日本象棋軟體會獲勝，女士說專業棋士會獲勝

3　兩位都說專業棋士會獲勝

4　兩位都說日本象棋軟體會獲勝

解 題 關 鍵 ✍ 訣 竅 ------------------------------ 答案：1

【關鍵句】僕^{ぼく}はいけると思^{おも}うな。
人間^{にんげん}の能力^{のうりょく}を完全^{かんぜん}に超^こえてる。

！ 攻略要點

　　像本題中的女士這樣，在談話的過程中改變看法；或是像男士這樣，根據其前半段的敘述所推測的看法，與其後來陳述的想法又不一樣，這些都是聽力測驗經常給應試者設下的圈套，一定要把整段段話聽到最後，這點很重要。

● 正確答案及說明 ●

▶ 正確答案是選項 1。男士提到「僕はいけると思うな」，也就是他説專業棋士會獲勝；女士提到「人間の能力を完全に超えてる」，也就是她説日本象棋軟體會獲勝。

● 單字と文法 ●--

□ 将棋〔しょうぎ〕 日本象棋

□ ソフト（「ソフトウェア」の略〔りゃく〕）
　【software】軟體

□ 今のところ〔いま〕 目前

□ なんでも 無論怎樣、不管如何

□ 実際〔じっさい〕 實際

□ 予測〔よそく〕 預測

□ 処理〔しょり〕 處理、辦理

● 說法百百種 ●--

▶ 日文原創片假名略語

> アニメ－アニメーション／動畫、卡通【animation】

> アマ－アマチュア／業餘、業餘人士【amateur】

> エアコン－エアコンディショナー／空調【air conditioner】

> リストラ－リストラクチュアリング／裁員【restructuring】

● 小知識 ●--

「手（著棋）」是日本象棋移動棋子時的量詞。

もんだい3　第3回　第❹題 答案跟解説　3-15

翻譯與題解

もんだい 1

もんだい 2

もんだい ❸

もんだい 4

もんだい 5

テレビでアナウンサーが大学新卒者の就職率に関する調査について話しています。

M：ある調査会社が行った調査によると、4月1日現在における今春の大学新卒者の就職率は、過去最低となった前年よりわずかに上昇しました。昨年12月に行った就職内定率の調査では、前年の内定率を大きく下回っていたため、その後の情勢が注目されていましたが、今年に入ってから景気に回復の兆しが見られたことから、中小企業を中心に新卒者の採用を増やす動きがあり、今回の結果につながったと調査会社では分析しています。

この調査結果を受けて、長引く就職難もようやく最悪の時期を脱したとの見方もありますが、今後も景気の一層の改善が見られない限り、来年も学生達にとっては厳しい状況が続くことになりそうです。

話の内容に合うのはどれですか。

1　大学新卒者の就職率はわずかに改善されたが、まだ楽観はできない
2　今年になって景気が回復したことから、就職希望者が増加した
3　今春の大学新卒者の就職率は過去最低だった前年を更に下回った
4　大企業よりも中小企業を就職先に選ぶ大学新卒者が増えた

【譯】

播報員在電視節目中報導大學應屆畢業生就業率的相關調查報告。

M：根據某家調查公司的調查，今年春天的大學應屆畢業生在4月1日此時點的就業率，比起過去最低年度的前年略微上升了。根據去年12月完成的就業內定率（注：畢業前已找到工作的比率）調查發現，由於前年的內定率大幅下降，之後的發展因而格外受到關注，不過由於今年以來，景氣開始出現一線曙光，根據調查公司的分析，多數中小企業比往年錄取更多大學應屆畢業生的趨勢，與這次的調查結果正好不謀而合。

依照這項調查結果，有人認為這幾年來就業困難的窘境終於脫離了谷底，然而只要今後景氣難以大幅復甦，對學生們而言，明年恐怕仍需面臨嚴峻的考驗。

請問以下哪一項符合報導內容呢？

1　大學應屆畢業生的就業率雖然有了微幅的改善，但還不能樂觀看待
2　由於今年開始景氣復甦，求職者也增加了
3　今年春天的大學應屆畢業生的就業率，比起過去最低年度的前年更為低落
4　有更多大學應屆畢業生不選擇到大企業，而是去中小企業工作

解 題 關 鍵 と 訣 竅 --（答案：1）

【關鍵句】前年よりわずかに上昇しました。
　　　　　今後も景気の一層の改善が見られない限り、来年も学生達にとっては
　　　　　厳しい状況が続くことになりそうです。

❗ 攻略要點

　　不僅要掌握全文的梗概，還得注意別被敘述內文和答案選項的不同措辭弄得暈頭轉向喔！

⬤ 正確答案及說明 ⬤

▸ 正確答案是選項 1。就業率雖然「前年よりわずかに上昇しました」，然而「今後も景気の一層の改善が見られない限り、来年も学生達にとっては厳しい状況が続くことになりそうです」。

⬤ 其餘錯誤選項分析 ⬤

▸ 選項 2　這裡談的是「就職内定率」，並未談到「就職希望者」的人數。

▸ 選項 3　報導中提到「4 月 1 日現在における今春の大学新卒者の就職率は、過去最低となった前年よりわずかに上昇しました」。

▸ 選項 4　報導中雖然提到「中小企業を中心に新卒者の採用を増やす動きがあり」，但是並沒有談到求職者選擇什麼樣的企業。

🔵 單字と文法 🔵------------------------------

□ **今～** 今（年）、本（季）

□ **企業**(きぎょう) 企業

□ **分析**(ぶんせき) 分析

□ **長引く**(ながびく) 延長、拖延

□ **ようやく** 終於

□ **改善**(かいぜん) 改善

口語でよく出てくる発音の変化や音の脱落、省略形を集めました。

【口語縮約形與發音變化2】

□ ～もん／表示不滿或撒嬌

▶ 知らなかったんだ**もん**。／因為我不知道嘛！

□ ん／口語中將「ら行」改發「ん」音

▶ この問題難しくて分か**ん**ない。／這一題好難，我都看不懂。

□ って／…是…

▶ 中山さん**って**誰？／中山小姐是誰？

□ って／表示傳聞

▶ 彼女は行かない**って**。／聽説她不去。

□ たって／即使…也…

▶ いくら言っ**たって**だめだ。／不管你再怎麼説還是不行。

□ だって／即使…也…、就算…也…

▶ 不便**だって**かまわないよ。／就算不方便也沒有關係。

□ ～ちゃいけない／不要…、不許…

▶ ここで走っ**ちゃいけない**よ。／不可以在這裡奔跑喔！

□ ～じゃいけない／不要…、不許…

▶ 子どもがお酒を飲ん**じゃいけない**。／小孩子不可以喝酒。

単語や文法のほか、「言いさし表現」やイントネーションにも注意しましょう。

日語口語中，常出現較為曖昧的表現方式。想學會這種隱藏在話語背後的意思，最直接的方式就是透過聽力實戰演練來加強。接著，請聽光碟的對話及問題，選出正確答案。

3-16 もんだい

1 答え：① ②　　**4** 答え：① ②　　**7** 答え：① ②

2 答え：① ②　　**5** 答え：① ②

3 答え：① ②　　**6** 答え：① ②

3-16 問題與解答

1　A：お優しそうな奥様ですね。
　　B：優しいもんか。
　　Q：Bは妻を優しいと思っていますか。
　　1　はい。
　　2　いいえ。

　　A：您夫人看起來很溫柔呢。
　　B：她溫柔才怪咧！
　　Q：請問B覺得妻子溫柔嗎？
　　1　是。
　　2　不是。

答案：2

「ものか／もんか（哪裡、才怪）」表示強烈否定。

曖昧語特訓班

もんだい 1

もんだい 2

もんだい ❸

もんだい 4

もんだい 5

2

A：合コン、どうだった？

B：さっぱり。

Q：合コンはどうでしたか。

1　よかった。

2　よくなかった。

A：聯誼如何呢？

B：八字沒一撇。

Q：請問聯誼的結果如何？

1　好。

2　不好。

答案：2 --

「さっぱり（一點都不）」在這裡是指「完全沒有」眉目的意思。

3

A：ねえ、今度いっしょに食事でもどう？

B：そうですね、そのうちに。

Q：二人は今から食事に行きますか。

1　はい。

2　いいえ。

A：欸，下回一起去吃頓飯吧？

B：好啊，再找個時間。

Q：請問他們兩人現在要去吃飯嗎？

1　是。

2　不是。

答案：2 --

「そのうち」是指不確定的未來。「今度」雖然表示和「今（いま）」相近的時間，但不等於「現在」。

4

A：あと<ruby>三日<rt>みっか</rt></ruby>じゃ、できるかどうか。

B：そこを<ruby>何<rt>なん</rt></ruby>とか。

Q：<ruby>B<rt>ビー</rt></ruby>は<ruby>何<rt>なに</rt></ruby>を<ruby>言<rt>い</rt></ruby>いたいのですか。

1　<ruby>何<rt>なん</rt></ruby>とかやってほしい。

2　<ruby>何<rt>なん</rt></ruby>とか<ruby>間<rt>ま</rt></ruby>に<ruby>合<rt>あ</rt></ruby>うはずだ。

A：才三天，不知道來不得及。

B：有勞您大力鼎助！

Q：請問 B 這句話的意思是？

1　無論如何都希望對方幫忙做。

2　應該趕得及才對。

答案：**1** ---

「そこを」的「そこ」指的是 A 的情況。B 的意思是「明知道在短短三天之內要趕出來確實很困難，但希望對方無論如何都要幫這個忙」。

5

A：ねえ、<ruby>暇<rt>ひま</rt></ruby>なら<ruby>俺<rt>おれ</rt></ruby>とお<ruby>茶<rt>ちゃ</rt></ruby>しない？

B：ちょっと、<ruby>触<rt>さわ</rt></ruby>らないでくれない？

Q：<ruby>B<rt>ビー</rt></ruby>は<ruby>何<rt>なん</rt></ruby>と<ruby>言<rt>い</rt></ruby>っていますか。

1　ちょっとなら<ruby>触<rt>さわ</rt></ruby>ってもいいです。

2　<ruby>触<rt>さわ</rt></ruby>らないでほしいです。

A：嘿，沒事的話，要不要跟我去喝杯咖啡呀？

B：喂，可以請你不要碰我嗎？

Q：請問 B 的意思是什麼呢？

1　假如只是輕輕碰一下，那麼可以碰沒關係。

2　希望對方不要碰他。

答案：**2** ---

「～ないでくれない（可以別…嗎）」是「～ないでくれませんか」較為口語（不禮貌）的說法。「ちょっと」除了「少し（些許）」的意涵以外，也可以用在叫喚對方的時候。

6 A：どうするつもり？

B：やらないわけにはいかないよ。

Q：Bはどうするつもりですか。

1 やるつもりです。

2 やらないつもりです。

A：你打算怎麼辦？

B：總不能不做啊！

Q：請問B打算怎麼辦呢？

1 打算做。

2 不打算做。

答案：**1** --

「わけにはいかない（總不能不…）」表示義務的意思。

7 A：このレストラン、思ったほどじゃないね。

B：そう？私のお肉はおいしいよ。

Q：Aはこのレストランをどう思っていますか。

1 思ったより悪い。

2 思ったより良い。

A：這家餐廳，好像跟想像中不一樣哦。

B：是嗎？我的牛肉餐還不錯呀。

Q：請問A對這家餐廳有什麼看法呢？

1 比想像中來得糟。

2 比想像中來得好。

答案：**1** --

單從A說的話，有可能比想像中來得糟，也有可能比想像中來得好，但從B的回答可以得知，A說的是比預料的難吃。

即時応答

もんだい

4

即時応答　問題4　第一回　　　(4-1)

問題4では、問題用紙に何もいんさつされていません。まず文を聞いてください。それから、それに対する返事を聞いて、1から3の中から、最もよいものを一つ選んでください。

(4-2) 1ばん　【答案跟解説：181頁】　　　答え：① ② ③

- メモ -

(4-3) 2ばん　【答案跟解説：183頁】　　　答え：① ② ③

- メモ -

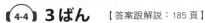

4-4 **3ばん** 【答案跟解説：185頁】　　　　　　　答え：① ② ③

- メ モ -

4-5 **4ばん** 【答案跟解説：186頁】　　　　　　　答え：① ② ③

- メ モ -

4-6 **5ばん** 【答案跟解説：187頁】　　　　　　　答え：① ② ③

- メ モ -

模擬試験

もんだい **1**

もんだい **2**

もんだい **3**

もんだい **❹**

もんだい **5**

4-7 **6ばん** 【答案跟解説：188 頁】 答え：① ② ③

- メモ -

4-8 **7ばん** 【答案跟解説：189 頁】 答え：① ② ③

- メモ -

4-9 **8ばん** 【答案跟解説：190 頁】 答え：① ② ③

- メモ -

もんだい4　第1回　第①題 答案跟解說

（4-2）

翻譯與題解

もんだい
1

もんだい
2

もんだい
3

もんだい
④

もんだい
5

F：あとで出かけるとき、ついでにごみ出してってくれる？

M：1　うん、あとでもいいよ。

　　2　もう、出してきたよ。

　　3　じゃ、そろそろ行こうか。

【譯】

F：你等一下出門的時候，可以幫我順便倒個垃圾嗎？

M：1　嗯，待會兒也可以呀！

　　2　我已經倒好了呀！

　　3　那，差不多該出門了吧！

 解 題 關 鍵 と 訣 竅 ------------------- （答案：2）

【關鍵句】ごみ出してってくれる？

! 攻略要點

對於請託的答覆，必須思考到底回答的是了解、拒絕，還是已經完成了。

● 正確答案及說明 ●

▶ 正確答案是選項2。該項答覆陳述的是已經完成了交辦事宜。如果還沒倒垃圾，但是已經聽到對方的請求時，應該回答「分かった（知道了）」；若是不方便幫忙要拒絕時，舉例來說可以回答「荷物が多いからちょっと持って行けないよ（我已經帶了很多東西，沒辦法再拿垃圾去倒了）」。

● 其餘錯誤選項分析 ●

▶ 選項1　禮讓別人先洗澡等等的時候，可以用這句話。

▶ 選項3　這句話可以用在原本就說好要一起出去，現在催促對方該出門了的時候。

□ 出^でかける 出門、外出

□ ～てって …去、…下去（「～ていって」的口語形，表示往說話人視線由近及遠）

F：ねえ、このお店おいしそうよ。ここで食べてかない？

M：1　でも、随分並んでるよ。

　　2　誰が言ってたの？

　　3　やっと、見つかったね。

【譯】

F：欸，這家店看起來滿好吃的耶，要不要在這裡吃？

M：1　可是，已經排了不少人喔！

　　2　是誰這樣說的？

　　3　總算找到囉！

 解 題 關 鍵 と 訣 竅 --------------------------------- 答案：1

【關鍵句】ここで食べてかない？

!　攻略要點

　　「そうだ」有兩種不同語意（前接動詞連用形或形容詞／形容動詞詞幹，為「好像…、看起來…」之意；前接用言終止形，為「據說…」之意），要注意接續用法的不同。

◐ 正確答案及說明 ◐

▶ 正確答案是選項1。「おいしそう（看起來滿好吃的）」是說話者本人陳述看法，選項1是附和女士提議的回答。

翻譯與題解

もんだい 1

もんだい 2

もんだい 3

もんだい ❹

もんだい 5

▶ 選項2　這句回答適用於聽到女士轉述別人說「この店おいしいそうよ（這家店看起來滿好吃的耶）」時使用。在口語中，有時會將長母音讀成短母音，但如果讀成短母音時會改變語意，就不會這樣發音。

▶ 選項3　這句話可用在依循導覽手冊上的介紹尋找店家，好不容易找到的時候說。不過根據女士的語意，她是「今（現在）」才看到這家店的。

● 單字と文法 ●--

□ 〜てかない　要不要去（做）…

（「〜ていかない」的口語形）

□ 随分[ずいぶん]　非常、相當（比想像的更加…）

● 說法百百種 ●--

▶ 贊成的說法

はい、結構[けっこう]です。／可以，這樣就好了。

ぜんぜんオッケー。／好啊。那有什麼問題。

では、お言葉[ことば]に甘[あま]えて。／那就恭敬不如從命。

もんだい4　第1回　第❸題 答案跟解說

M：もう少しで間に合ったのに。

F：1　ぎりぎりだったね。

　　2　30分も遅れちゃったね。

　　3　もっと早く出ればよかったね。

【譯】

M：只差那麼一點就趕得上了呀！

F：1　好險，就差一點點而已。

　　2　已經遲到30分囉！

　　3　早知道再早一點出門就好了！

 解題關鍵と訣竅　　　　　　　　　　　　　　　答案：**3**

【關鍵句】…のに

❗ 攻略要點

　　請注意逆接用法。

🔵 **正確答案及說明** 🔵

▶ 正確答案是選項3。男士那句話最後的「のに（表示遺憾、惋惜之意）」，表示沒有趕上，而「もっと早く出ればよかった（早知道再早一點出門就好了）」指實際上並沒有提早出門。

🔵 **其餘錯誤選項分析** 🔵

▶ 選項1　這句話是表示趕上了。

▶ 選項2　「30分も」中的「も」強調「很多」的意思，跟男士所說的「もう少し（只差那麼一點）」互相矛盾。

🔵 **單字と文法** 🔵

□ **間に合う** 趕得上、來得及

□ **ぎりぎり** 最大限度、極限、到底、勉強（形容沒有餘地的情況）

M：すみません。明日、お時間ありますか。

F：1 そうですね。12時頃ですね。

2 はい、午後からでよければ。

3 あと、1時間ぐらいならいいですよ。

【譯】

M：不好意思，請問您明天有空嗎？

F：1 我看一下，大約12點左右吧。

2 可以，如果下午時段可以的話。

3 如果只要一個小時左右，我沒問題呀。

解題關鍵と訣竅 --- 答案：2

【關鍵句】お時間ありますか。

ℹ️ 攻略要點

具有多種意義的基本單詞，一定要記住其不同用法。

🔵 正確答案及說明 🔵

▸ 正確答案是選項2。因為「お時間ありますか（請問您有空嗎）」問的是對方有沒有有空檔時間，因此回答下午時段有空的選項2最為恰當。

🔵 其餘錯誤選項分析 🔵

▸ 選項1 這是當被問到「今何時ですか（現在是幾點）」的回答。

▸ 選項3 這個選項雖然回答了有空檔時間，問題是有空的時段是「今から1時間くらい（從現在開始一個小時左右）」。由於男士問的是「明日（明天）」，因此不適合作為本題的答案。

🔵 單字と文法 🔵 --

□ お時間 您（的）時間　　　　　　　□ あと 再過、以後

M：困ったことになっちゃったな。

F：1　うっかりしてたね。

　　2　きっちりやったね。

　　3　さっぱりしたね。

【譯】

M：這下傷腦筋了啊。

F：1　一時粗心了吧？

　　2　做得無懈可擊呀！

　　3　感覺很爽快吧？

解 題 關 鍵 と 訣 竅 - 答案：1

【關鍵句】困った

攻略要點

　　本題為單純的語彙能力問題。有很多副詞看起來都很相似，由於確切語意只能心領神會，因此讓許多人感到很頭痛，請多多瀏覽使用範例，牢牢記住其用法吧。

● 正確答案及說明 ●

▶ 正確答案是選項1。「うっかり（粗心）」是用於形容漫不經心的狀態，因此可以被當作是「困ったことになっちゃった（這下傷腦筋了）」的原因。

● 其餘錯誤選項分析 ●

▶ 選項2　「きっちり（準確）」是用於形容精準而確實的狀態。

▶ 選項3　「さっぱり（爽快）」是用於形容清爽或痛快的狀態。

● 單字と文法 ● -

□ うっかり 不注意、不留神　　　　　□ さっぱり 爽快、痛快；（味道）清淡

翻譯與題解

もんだい

1

もんだい

2

もんだい

3

もんだい

❹

もんだい

5

Ｆ：まだ8時よ。そんなに慌てることないじゃない。

Ｍ：1　そっか。じゃ、のんびり行こう。

　　2　あと、もう少しだね。

　　3　大変だ。早くしないと。

【譯】

Ｆ：現在才8點呀？不必那麼慌慌張張的吧。

Ｍ：1　對哦。那，慢慢走吧。

　　2　再一下下就要開始囉。

　　3　不好啦！得快一點才行！

　解 題 關 鍵 ● 訣 竅 -- 答案：1

【關鍵句】まだ8時よ。

> **！攻略要點**
>
> 　　請想一想「～ことないじゃない／～ことはないではないか（不必…吧、不需要…吧）」到底是肯定句，還是否定句呢？

● 正確答案及說明 ●

▶ 正確答案是選項1。同意女士的說法時，這是最恰當的回答。

● 其餘錯誤選項分析 ●

▶ 選項2　這句話可以用在煙火即將施放，或演唱會即將開演等的情況。

▶ 選項3　這句話適用於突然發現時間來不及的時候。女士說時間還很充裕，但這句回答的意思卻是相反的。

● 單字と文法 ●--

□ 慌てる 驚慌、慌張　　　　　　　　□ こと（は）ない 用不著…

188

F：何か私にお手伝いできることはございませんか。

M：1　じゃ、やってごらん。

　　2　どうぞ、ご遠慮なく。

　　3　いや、もう全部済みました。

【譯】

F：有沒有什麼我可以幫得上忙的地方？

M：1　那，你做做看。

　　2　請用，別客氣。

　　3　不用，已經全部做完了。

答案：3

【關鍵句】お手伝いできること。

❗ 攻略要點

　　當有人說要幫忙時，回答應該是希望麻煩對方協助，或是不需要對方協助。

● 正確答案及說明 ●

▶ 正確答案是選項3。這個回答是已經不需要請對方協助了。

● 其餘錯誤選項分析 ●

▶ 選項1　這句話可以用在比方運動時由教練先做示範，接著要學習者照著做的情況。

▶ 選項2　這句話可以用在請來客喝茶、用甜點的時候。

● 單字と文法 ●

□ 〜てごらん 試看看…

□ ご遠慮なく 別客氣

M：うとうとしてたら、乗り過ごしちゃったよ。

F：1　何を見ていたの？

　　2　疲れてたのね。

　　3　よっぽど混んでたのね。

【譯】

M：就這麼打著盹兒，結果搭過站了啦！

F：1　你在看什麼？

　　2　太累了吧！

　　3　車裡很擠吧？

解 題 關 鍵 と 訣 竅 -------------------------------- 答案：2

【關鍵句】うとうとして

❗攻略要點

　　請思考搭過站的理由是什麼。

🔵 正確答案及説明 🔵

▶ 正確答案是選項 2。「乗り過ごす（搭過站）」是指搭乘電車或巴士時，來不及在原本預訂下車的車站或站牌下車。「うとうと（打盹兒）」是指打瞌睡。男士由於車子到了目的地時還在睡覺，所以來不及下車。而女士猜測男士睡過頭的理由是「疲れてた（太累了）」。

🔵 其餘錯誤選項分析 🔵

▶ 選項 1　這句話可以當作在對方説「スマホを夢中で見てたら、乗り過ごしちゃったよ（只顧著玩手機，結果搭過站了啦）」時候的回答。

▶ 選項 3　這雖然實在不像是搭過站的理由，但如果要勉強解釋，或許可以説由於車廂太過擁擠，導致即使車子已到達預訂下車的車站，卻沒有辦法擠到車門口，以致於來不及下車。

◯ 單字と文法 ◯ -

□ うとうと　迷迷糊糊、似睡非睡狀　　　□ 乗り過ごす　坐過站

◯ 說法百百種 ◯ -

▶ 和「睡覺」相關的說法

ぐうぐう／睡得很熟的樣子。

うつらうつら／半睡半醒的樣子。

ぐっすり／熟睡的樣子。

こっくり／頭前後搖擺打瞌睡的樣子。

もんだい4 小專欄！

擬態語を見ても、どきどき、まごまごしないようになりましょう。

形容人物樣子或心情的擬聲擬態語

□ **生き生き**／生氣勃勃；生動的、栩栩如生
- ▶ 何だかこのごろ**生き生き**してるね。／總覺得最近你看起來很有活力呢。

□ **どきどき**／怦然心跳；緊張
- ▶ 達樹君を見ると、**どきどき**しちゃう。／一見到達樹，讓我不禁小鹿亂撞。

□ **いらいら**／焦急、煩躁
- ▶ バスが来ないから、**いらいら**した。／公車還不來，我感到很焦慮。

□ **はきはき**／俐落、乾脆
- ▶ **はきはき**と返事をする。／回覆地乾脆。

□ **ぶつぶつ**／嘟嚷；抱怨
- ▶ **ぶつぶつ**言わないでください。／請別再發牢騷了。

□ **まごまご**／手忙腳亂；不知所措
- ▶ 駅で迷って、**まごまご**してしまった。／在車站迷了路，我不知該如何是好。

□ **わくわく**／雀躍
- ▶ 明日は遠足だ。**わくわく**するなあ。／明天要去遠足了。心情真是雀躍啊！

□ **はらはら**／擔心、憂慮
- ▶ 運動会で子どもが転んで**はらはら**した。／有小孩在運動會上摔了跤，真令人擔憂。

即時応答　問題4　第二回　(4-1)

問題4では、問題用紙に何もいんさつされていません。まず文を聞いてください。それから、それに対する返事を聞いて、1から3の中から、最もよいものを一つ選んでください。

(4-10)　**1ばん**　【答案跟解説：196頁】　　　　答え：① ② ③

- メモ -

(4-11)　**2ばん**　【答案跟解説：197頁】　　　　答え：① ② ③

- メモ -

模擬試験

もんだい 1

もんだい 2

もんだい 3

もんだい ❹

もんだい 5

（4-12） **3 ばん** 　【答案跟解説：199 頁】　　　　　　　答え：① ② ③

- メモ -

（4-13） **4 ばん** 　【答案跟解説：200 頁】　　　　　　　答え：① ② ③

- メモ -

（4-14） **5 ばん** 　【答案跟解説：202 頁】　　　　　　　答え：① ② ③

- メモ -

(4-15) 6ばん 【答案跟解説：203頁】　　　　　　　答え：① ② ③

- メモ -

(4-16) 7ばん 【答案跟解説：204頁】　　　　　　　答え：① ② ③

- メモ -

(4-17) 8ばん 【答案跟解説：205頁】　　　　　　　答え：① ② ③

- メモ -

模擬試験

もんだい 1

もんだい 2

もんだい 3

もんだい ❹

もんだい 5

もんだい4 第2回 第 ❶ 題 答案跟解說 4-10

M：もっと、きびきびやらなきゃだめだよ。

F：1 はい、今度はもっと丁寧にやります。

　　2 はい、今度はもっと早くやります。

　　3 はい、今度は間違えないように気をつけます。

【譯】

M：妳做事得更加迅速敏捷才行啊！

F：1 是，以後會做得更仔細一點。

　　2 是，以後會做快一點。

　　3 是，以後會小心不再出錯。

解題關鍵と訣竅 答案：**2**

【關鍵句】きびきび

 **攻略要點**

　　三個答案選項都是受到責備時的回答。請想一想受到這位男士斥責時，應該回答哪一個答案才對。

正確答案及說明

▶ 正確答案是選項2。「きびきび（迅速敏捷）」是形容動作迅速的模樣。順道一提，「きびきび」和「てきぱき（乾脆俐落）」很相近，但是「てきぱき」是形容有要領且處理迅速的感覺，而「きびきび」是指動作迅速而敏捷的感覺。

其餘錯誤選項分析

▶ 選項1　這是被指責做事粗枝大葉時的回答。

▶ 選項3　這是被指責做錯事時的回答。

單字と文法

□ きびきび 乾脆、利落；爽快　　　　□ 気をつける 小心、當心、警惕、留神

196

翻譯與題解

もんだい

1

もんだい

2

もんだい

3

もんだい

❹

もんだい

5

F：何、きょろきょろしてるの？

M：1　コンタクト落としちゃったんだ。

　　2　だって、面白かったんだもん。

　　3　あそこにスカイツリーが見えるよ。

【譯】

F：你幹嘛四下探看呀？

M：1　我的隱形眼鏡掉了。

　　2　因為有意思極了嘛！

　　3　那邊可以看得到晴空塔喔！

　　　　　　　　　　　　　　　　　　　　　答案：1

【關鍵句】きょろきょろしている

⚠ 攻略要點

重點在於「きょろきょろ」是形容什麼樣的「看」的狀態。

● 正確答案及說明 ●

▶ 正確答案是選項1。「きょろきょろ」可以用來形容發現罕見的事物（眼睛滴溜溜地轉）、正在尋找某個東西（四下探看）、坐立不定到處張望（東張西望）的模樣。

● 其餘錯誤選項分析 ●

▶ 選項2　相對於「きょろきょろしている（正在四下探看）」是指「今（現在）」，「面白かった（有意思極了）」用的是過去式，因此不是答案。此外，句末的「もん（…嘛）」，比較年輕的男性也會使用（不過，一般男性不太會用「もの（…嘛）」）。

▶ 選項3　這句話是用在心想對方應該不知道這個位置看得到晴空塔的時候說的。由於「きょろきょろ（東張西望）」是形容東看看、西看看的樣子，所以和一直望著晴空塔的狀態並不吻合。

□ きょろきょろ 四下尋摸、東張西望　　□ もん 因為…嘛

說法百百種

▶ 和「看」相關的說法

睨_にみ付_つける／瞪視

食_くい入_いる／凝視

目_めを配_{くば}る／四處察看

小知識

女士所説的「何（幹嘛）」，問的是對方這種行為的理由。

もんだい4　第2回　第❸題 答案跟解說

M：ああ、もうくたくただ。

F：1　そんなにがっかりしないで。

　　2　風邪_{か ぜ}ひいたんじゃない？

　　3　お疲_{つか}れ様_{さま}。

【譯】

M：唉，我已經累癱啦。

F：1　不要那麼沮喪嘛。

　　2　是不是感冒了？

　　3　辛苦你了。

--- 答案：3

【關鍵句】くたくた

! 攻略要點

　　關鍵在於「くたくた」是什麼樣的狀態。

● **正確答案及說明** ●

▶ 正確答案是選項3。「くたくた（累癱）」是用來形容精疲力竭的狀態。

● **其餘錯誤選項分析** ●

▶ 選項1　「がっかり（沮喪）」是形容失望或頹喪的模樣，因此不是答案。

▶ 選項2　假如男士說的是「ああ、何だかくらくらする（唉，我好像頭暈眼花的）」，就可以用這句話回答。

● **單字と文法** ●-------------------------------

□ **くたくた** 筋疲力盡、疲憊不堪　　　　□ **がっかり** 頹喪、心灰意冷

M：おなか、ぺこぺこだよ。

F：1　すぐご飯の支度するね。

　　2　大変、病院に行かないと。

　　3　食べ過ぎたんじゃない？

【譯】

M：我肚子已經餓扁扁了啦！

F：1　我馬上去煮飯喔。

　　2　糟了，得去看病才行！

　　3　是不是吃太多了？

解 題 關 鍵 ● 訣 竅 --- 答案：1

【關鍵句】ぺこぺこ

！ 攻略要點

　　重點在於「ぺこぺこ」是形容什麼樣的狀態。

● 正確答案及說明 ●

▶ 正確答案是選項1。「ぺこぺこ（餓扁扁）」是用來形容肚子餓了的狀態。

● 其餘錯誤選項分析 ●

▶ 選項2　如果説的不是「ぺこぺこ（餓扁扁）」，而是以「おなか／胃が
　　　　　きりきり／しくしくする（肚子或胃絞痛／隱隱作痛）」表示疼
　　　　　痛，那麼答案就可以選「病院に行かないと（得去看病才行）」。
　　　　　不過「大変（糟了）」通常用在看到對方已經失去意識、或是發
　　　　　高燒這種相當緊急的狀況，用在區區「おなかが痛い（肚子
　　　　　痛）」這種小事上，恐怕有些誇大。

▶ 選項3　如果答案是「食べ過ぎたんじゃない？（是不是吃太多了？）」，
　　　　　那麼男士説的應該是「おなかがごろごろする（肚子圓滾滾的）」。
　　　　　請務必牢記各種擬態語。

● 單字と文法 ●----------------------------------

□ ぺこぺこ 肚子餓　　　　　□ ～ないと 不…不行（這裡省略了後面的「いけない」）

● 說法百百種 ●----------------------------------

▶ 和「吃」相關的說法

> むしゃむしゃ／狼吞虎嚥的樣子。

> もぐもぐ／細嚼慢嚥的樣子。

> がつがつ／貪婪地吃。

> がぶがぶ／咕嚕咕嚕地喝。

M：何をそんなにそわそわしてるの？

F：1　だって、びっくりしたんだもん。
　　2　今日、大学の合格発表なんだ。
　　3　ちょっと寒気がするんだ。

【譯】

M：你幹嘛坐立不安啊？

F：1　因為人家嚇了一跳嘛！
　　2　今天大學入學考試要放榜呀。
　　3　我覺得有點涼意。

解 題 關 鍵 と 訣 竅 ----------------------------------- 答案：2

【關鍵句】そわそわ

! 攻略要點

重點在於「そわそわ」是形容什麼樣的狀態。

◐ 正確答案及說明 ◑

▶ 正確答案是選項2。「そわそわ（坐立不安）」是用來形容無法定下心來的狀態。

◐ 其餘錯誤選項分析 ◑

▶ 選項1　「びっくりする（嚇了一跳）」是指受到驚嚇。

▶ 選項3　這是指由於生病或是恐懼而感到涼意的意思。

◐ 單字と文法 ◑ ------------------------------------

□ **そわそわ** 不鎮靜、慌張坐立不安　　　□ **合格発表** 考試放榜

◐ 小知識 ◑ ------------------------------------

男士問的「何を（幹嘛）」是詢問理由。如果用「なんで（為什麼）」只是單純問理由，而「何を（幹嘛）」則是強調感覺事有蹊蹺的詢問方式。

M：今年の夏は暑くてかなわないね。

F：1　そう？それほどでもないと思うけど。

　　2　ええっ。こんなに暑いのに。

　　3　うん、去年の夏はもっと暑かったね。

【譯】

M：今年夏天熱得教人受不了啊。

F：1　是嗎？我不覺得有那麼熱呀。

　　2　嗄？都已經那麼熱了耶！

　　3　嗯，去年夏天更熱。

解 題 關 鍵 と 訣 竅 -- 答案：1

【關鍵句】…てかなわない

（!）攻略要點

　　關鍵在於辨別「～てかなわない（受不了）」是肯定句還是否定句。

◐ 正確答案及說明 ◑

▶ 正確答案是選項1。「暑くてかなわない（夏天熱得受不了）」是指「暑くて我慢できない（熱到讓人無法忍受）」的意思。

◐ 其餘錯誤選項分析 ◑

▶ 選項2　這句話可用於當對方說「それほど暑くない（沒有那麼熱）」時候的回應。

▶ 選項3　關於「去年の夏（去年夏天）」的氣溫，男士完全沒有提及。

◐ 單字と文法 ◑ ---------------  ----------------

　　□ ～てかなわない …受不了　　　　　　□ それほどでもない 不覺得有那麼…

翻譯與題解

もんだい 1

もんだい 2

もんだい 3

もんだい ❹

もんだい 5

F：ケーキ焼いたんだ。食べてみて。

M：1　ひっそりしてるね。

　　2　ふんわりしてるね。

　　3　ふらふらしてるね。

【譯】

F：蛋糕烤好囉！來吃吃看！

M：1　靜悄悄的呢。

　　2　軟綿綿的呢。

　　3　搖搖晃晃的呢。

解 題 關 鍵 と 訣 竅 ------------------------------- 答案：2

【關鍵句】ケーキ

!　攻略要點

　　有許多人都對擬態語感到很苦惱，但是日本人的日常對話中充滿了擬態語，只能努力適應了。

● 正確答案及說明 ●

▶ 正確答案是選項2。「ふんわり（軟綿綿的）」用來形容柔軟蓬鬆的樣子，很適合用在「ケーキ（蛋糕）」上。

● 其餘錯誤選項分析 ●

▶ 選項1　「ひっそり（靜悄悄的）」是形容安靜無聲的狀態。

▶ 選項3　「ふらふら（搖搖晃晃）」是形容不太安穩的模樣。

● 單字と文法 ● --

□ **ひっそり** 寂靜、鴉雀無聲　　　　　□ **ふんわり** 輕輕地；輕飄飄地；鬆軟

● 小知識 ● --

　　請記住在這三個詞彙中，只有「ふらふら（搖搖晃晃）」可以「形容動詞化」，轉變成「ふらふらになる（變得搖搖晃晃的）」的用法。

翻譯與題解

もんだい
1

もんだい
2

もんだい
3

もんだい
❹

もんだい
5

F：信号、青になったよ。行かないの？

M：1　ごめん、ちょっとがっかりしてた。

　　2　ごめん、ちょっとぐっすりしてた。

　　3　ごめん、ちょっとぼんやりしてた。

【譯】

F：號誌變成綠燈囉，你不走嗎？

M：1　抱歉，我有點沮喪了。

　　2　抱歉，我稍微熟睡了。

　　3　抱歉，我發呆了一下。

解 題 關 鍵 と 訣 竅 -- 答案：**3**

【關鍵句】信号、青になったよ。

！ 攻略要點

本題同樣是擬態語的問題。

◐ 正確答案及說明 ◐

▶ 正確答案是選項3。「ぼんやり（發呆）」是用來形容意識有點不太清醒的樣子，因此與沒發現號誌變換了的情況很吻合。

◐ 其餘錯誤選項分析 ◐

▶ 選項1　「がっかり（沮喪）」是形容失望、頹喪的樣子。「がっかりしていた（感到沮喪）」是用來形容別人的狀態，通常不會用在自己身上，但是「がっかりした」可以用在自己身上。

▶ 選項2　「ぐっすり（熟睡）」是形容睡得很沉的樣子，可以變化成「ぐっすり（と）眠る（睡得很熟）」的用法，但是不會說「ぐっすりする」，因此在任何狀況之下都不會出現選項2的用法。

◐ 單字と文法 ◐ ---

□ **青** 藍色、綠色（綠燈叫做「青信号【あおしんごう】」）

□ **ぼんやり** 心不在焉、發呆

日本人がよく使う擬音語・擬態語はおよそ 400 から 700 語あるそうです。

【形容事物樣子的擬聲擬態語】

□ **広々**（ひろびろ）／寬敞、廣闊
> **広々**（ひろびろ）とした草原（そうげん）で牛（うし）が草（くさ）を食（た）べている。／廣闊的草原上，牛正在吃草。

□ **ぴかぴか**／閃閃發光
> 靴（くつ）を**ぴかぴか**に磨（みが）く。／把鞋擦得閃閃發亮。

□ **ふわふわ**／柔軟、軟綿綿
> **ふわふわ**の泡（あわ）で顔（かお）を洗（あら）う。／用蓬鬆柔軟的泡沫洗臉。

□ **ぞろぞろ**／絡繹不絕、一個接一個（也可用於人）
> 穴（あな）からねずみが**ぞろぞろ**出（で）てきた。／老鼠從洞裡一個接一個跑了出來。

□ **どんどん**／順利、連續不斷
> 仕事（しごと）が**どんどん**進（すす）む。／工作進展順利。

□ **しとしと**／淅淅瀝瀝
> 朝（あさ）から雨（あめ）が**しとしと**と降（ふ）っている。／從早上開始，雨便淅淅瀝瀝地下著。

□ **だぶだぶ**／寬鬆
> 彼（かれ）はいつも**だぶだぶ**のズボンをはいている。／他總是穿著寬鬆的褲子。

□ **きらきら**／閃耀、耀眼
> 星（ほし）が**きらきら**光（ひか）っている。／星星閃閃發光著。

即時応答　問題4　第三回　(4-1)

問題4では、問題用紙に何もいんさつされていません。まず文を聞いてください。それから、それに対する返事を聞いて、1から3の中から、最もよいものを一つ選んでください。

(4-18) **1ばん**　【答案跟解説：210頁】　　答え：①②③

- メ モ -

(4-19) **2ばん**　【答案跟解説：212頁】　　答え：①②③

- メ モ -

模擬試験

もんだい
1

もんだい
2

もんだい
3

もんだい
❹

もんだい
5

(4-20) **3 ばん** 【答案跟解説：213 頁】 答え：① ② ③

- メモ -

(4-21) **4 ばん** 【答案跟解説：214 頁】 答え：① ② ③

- メモ -

(4-22) **5 ばん** 【答案跟解説：215 頁】 答え：① ② ③

- メモ -

- メモ -

- メモ -

- メモ -

模擬試験

もんだい 1

もんだい 2

もんだい 3

もんだい ❹

もんだい 5

もんだい4　第3回　第①題 答案跟解說　(4-18)

F：すごくわくわくするね。

M：1　うん、早く始まらないかな。

　　2　そんなに気にすることないよ。

　　3　もったいなかったね。

【譯】

F：我心頭噗通噗通直跳耶！

M：1　嗯，怎麼不快點開始嘛？

　　2　不必那麼在意嘛。

　　3　真的好可惜哦。

解 題 關 鍵 と 訣 竅 ----------------------------- 答案：1

【關鍵句】わくわく

（！）**攻略要點**

　　重點在於「わくわくする」是用來形容什麼樣的狀態。

● **正確答案及說明** ●

▶ 正確答案是選項1。「わくわく（心頭噗通噗通直跳）」是用在形容由於期待或欣喜而坐立難安的模樣（辭典上寫著也可形容由於「不安（不安）」而忐忑的樣子，但那是以前的用法，在目前普遍的日語裡只會用於正面的形容）。請連同「どきどき（心頭怦怦直跳）」和「うきうき（心頭歡欣雀躍）」這兩個詞彙一起牢記。

● **其餘錯誤選項分析** ●

▶ 選項2　當對方感到沮喪的時候，可以用這句話來安慰他。

▶ 選項3　這句話是用在回應某件事徒勞無功的時候。

● 單字と文法 ●--------------------------------

□ わくわく　心噗通噗通地跳　　　　□ 気にする　在意

● 說法百百種 ●--------------------------------

▶ 形容心情愉悅的說法

いそいそ／歡欣雀躍、急急忙忙。

うきうき／高高興興、喜不自禁。

げらげら／捧腹大笑。

にこにこ／笑笑咪咪的樣子。

F：水はなるべくたっぷり入れるほうがいいよ。

M：1　じゃ、ぎりぎりまで入れるよ。

　　2　じゃ、半分まででいいね。

　　3　じゃ、ちょっぴりだけでいいね。

【譯】

F：水盡量多倒一點比較好喔。

M：1　那，我倒到杯緣囉！

　　2　那，倒半杯就行吧！

　　3　那，只要一點點就行吧！

解 題 關 鍵 と 訣 竅 --　答案：1

【關鍵句】たっぷり入れる。

攻略要點

　　關鍵在於「たっぷり」是形容什麼樣的狀態。

正確答案及說明

▶ 正確答案是選項1。「たっぷり（充足）」是指非常多、綽綽有餘的狀態，而「ぎりぎりまで（到極限）」則是形容把水倒到杯子（或鍋子等）可容納的極限，因此選項1是正確答案。

其餘錯誤選項分析

▶ 選項2　區區一半還不夠。

▶ 選項3　「ちょっぴり（一點點）」是指少許的意思。

單字と文法

□ **たっぷり** 充分、足夠　　　　　□ **ちょっぴり** 一點點、少許

翻譯與題解

もんだい

1

もんだい

2

もんだい

3

もんだい

❹

もんだい

5

M：ここには、江戸時代の建物がそっくり残ってるんだ。

F：1　ふうん、よく似てるわね。

　　2　ふうん、大切に保存してきたんだね。

　　3　ふうん、一つも余ってないんだ。

【譯】

M：這裡江戸時代的建築物保留得很完整呢。

F：1　是哦，真的很像耶。

　　2　是哦，很珍惜地被保存下來呢。

　　3　是哦，連一個都不剩呢。

　　　　　　　　　　　　　　　　　　　　答案：2

【關鍵句】そっくり残ってるんだ。

!　攻略要點

　　「そっくり」有兩種用法（完整；一模一樣）。

● 正確答案及說明 ●

▶ 正確答案是選項2。「そっくり（一模一樣）」當作形容動詞時，是指非常相似的意思，例如：「お母さんにそっくりだ（跟媽媽長得一模一樣呢）」；然而，如同本題當作副詞使用的時候，指的是如同原樣、全部的意思。因此，最適切的答案是選項2。

● 其餘錯誤選項分析 ●

▶ 選項1　不曉得是什麼東西和什麼東西相似，前言不對後語。

▶ 選項3　本題和「余る（多出來）」不相關。

● 單字と文法 ●

□ そっくり（當副詞時）原封未動、完整　　□ 余る 殘餘、多餘

M：カラオケ大会、楽しかったね。

F：1 ええ、楽しみですね。

2 何歌ったんですか。

3 ええ、またやりましょうよ。

【譯】

M：卡拉OK大賽唱得真是開心，對吧！

F：1 是呀，很期待呢。

2 你唱了什麼歌呢？

3 是呀，我們下次再辦一場吧！

解 題 關 鍵 訣 竅  -- 答案：3

【關鍵句】楽しかったね。

> **! 攻略要點**
>
> 男士句末的「ね（對吧）」是用在徵求對方已知事項的附議，或是加以確認的時候。

● 正確答案及說明 ●

▶ 正確答案是選項3。由於男士說的是「楽しかった（真是開心）」，可以知道卡拉OK大賽已經結束了。

● 其餘錯誤選項分析 ●

▶ 選項1 這是針對之後舉辦的卡拉OK大賽所提出的期望。

▶ 選項2 由於男士的句末加上「ね（對吧）」，表示女士也參加了該場卡拉OK大賽，因此選項2並不恰當。

● 單字と文法 ●---

□ カラオケ 唱卡拉OK　　　　　　　□ 大会 大賽

翻譯與題解

もんだい1

もんだい2

もんだい3

もんだい❹

もんだい5

M：どう？味はまあまあだよね。

F：1　そう？そんなに悪くないと思うけど。

　　2　うん、値段の割にはね。

　　3　じゃ、ちょっと食べてみようよ。

【譯】

M：如何？味道還可以吧？

F：1　是嗎？我覺得沒那麼差呀。

　　2　嗯，以這個價位來說的話。

　　3　那，我們就來嚐看看好了。

解題關鍵と訣竅─────────────── 答案：**2**

【關鍵句】味はまあまあだ。

！攻略要點

　　請適應既不是百分之百肯定、也不是百分之百否定的「まあまあ（還可以）」、「割に／割には（就…而言）」這一類用法。

◯ 正確答案及說明 ◯

▶ 正確答案是選項2。「まあまあ（還可以）」用於雖然不是非常完美，但原則上還算合格的時候。選項2的語意是「大変美味であるとまでは言えないが、値段はそれほど高くないことを考えれば、このくらいの味でも満足できる（雖然稱不上極度美味，考量到其價格並未十分高昂，這樣的味道已經令人滿意了）」，因此是最適當的答案。

◯ 其餘錯誤選項分析 ◯

▶ 選項1　這句話是用在當對方的評價極低的時候所做的回應。

▶ 選項3　當對方已嚐過，用這句話就不恰當了。

◯ 單字と文法 ◯─────────────────

□ **まあまあ** 大致、還算　　　　　　□ **割に** 比較地

M：ごめん。待っててくれなくてもよかったのに。

F：1　そういうわけにはいかないよ。

　　2　じゃ、先に行くね。

　　3　あと、5分なら待っててあげるよ。

【譯】

M：抱歉，妳大可不必等我嘛！

F：1　我總不能不等你呀！

　　2　那，我先走囉！

　　3　如果再 5 分鐘就到，那就等你一下囉！

解題關鍵と訣竅 ------- 答案：1

【關鍵句】待っててくれなくてもよかったのに。

❗攻略要點

關鍵在於「わけにはいかない（總不能不…）」是肯定句？還是否定句？

● 正確答案及說明 ●

▶ 正確答案是選項 1。「待っててくれなくてもよかったのに（妳大可不必等我嘛）」這句話是用在「待つ（等）」的動作已完了的時候。選項 1 具有（基於道義）必須等候的意涵，因此適合用作本題的答案。

● 其餘錯誤選項分析 ●

▶ 選項 2　這句話是用於現在決定不等了。

▶ 選項 3　這句話是指接下來再等一下，因此同樣不適合。

● 單字と文法 ●----------------------------

□ ごめん 抱歉　　　　　　　　□ 〜わけにはいかない 不能…

もんだい4 第3回 第 ❼ 題 答案跟解說 （4-24）

M：その条件は、受け入れがたいですね。

F：1 それでは、よろしくお願いします。

　　2 こちらといたしましても、これが精一杯です。

　　3 ええ、それで結構ですよ。

【譯】

M：那樣的條件，實在讓人難以接受呀！

F：1 那麼，就麻煩您了。

　　2 就我方而言，這已經展現了最大的誠意。

　　3 好的，這樣就可以了喔。

 解 題 關 鍵 と 訣 竅 ────────────────────── （答案：2）

【關鍵句】…受け入れがたい

⚠ 攻略要點

　　重點在於「～がたい（難以…）」是什麼意思呢？

⬤ 正確答案及說明 ⬤

▶ 正確答案是選項2。「受け入れがたい（難以接受）」亦可寫作「受け入れ難い（難以接受）」，是指「受け入れることが難しい（令人難以接受）」的意思。

⬤ 其餘錯誤選項分析 ⬤

▶ 選項1　這是當對方接受了我方條件時的回應。

▶ 選項3　這是當接受了對方提出的條件時的回答。

⬤ 單字と文法 ⬤ ────────────────────────────

□ ～がたい　難以…　　　　　　　　　□ ～といたしましても　就…而言

F：これ、明日までですか。今からだと、できないこともありませんが…。

M：1 そんな。できないことはないでしょう。

2 申し訳ありませんが、何とかお願いします。

3 なんでもできるなんて、すごいですね。

【譯】

F：這個是明天就要嗎？如果從現在開始做，倒也不是做不出來…。

M：1 不會吧！怎麼可能做不出來呢？

2 非常抱歉，一切有勞大力幫忙了。

3 什麼都辦得到，真是太厲害了耶！

 答案：**2**

【關鍵句】できないこともありませんが…。

❗攻略要點

所謂「ないこともない（也不是不行）」是什麼意思呢？

◐ 正確答案及說明 ◐

▶ 正確答案是選項2。「できないこともありません（倒也不是做不出來）」的意思是做得出來，但是時間非常緊迫（所以假如可以選擇的話，實在不想接下這份任務）。考量到對方的情況，這時候應該一方面道歉，再加上鄭重央託。

◐ 其餘錯誤選項分析 ◐

▶ 選項1 這是用在對方表明辦不到並拒絕時，我方的回應。

▶ 選項3 這是前言不搭後語的回應。

◐ 單字と文法 ◐

□ **そんな** 不會吧…（表示否定、驚訝，甚至是批評的情緒）

□ **何とか** 想辦法、設法

◐ 說法百百種 ◐

▶「請求」的說法

そこをなんとか。／請再寬容一下。

かわりにやってくれませんか。／你可以替我做嗎？

今回は、見逃してください。／這次就請放我一馬吧。

もんだい4 小 專 欄 ！

副詞をどんどん覚えれば日本語はぐんぐん上達します。

【後常接數字或數量的副詞】

□ お（お）よそ／大約、大體上
> ▸ およそ 50 人ばかり集まった。／大約到了五十人左右。

□ 少なくとも／至少、保守估計也要…
> ▸ 少なくとも 3 億円かかる。／少説也要花費三億元。

□ せいぜい／最多、充其量
> ▸ 1 か月にせいぜい 10 万円ぐらいしかかせげない。／一個月最多只能賺十萬日圓罷了。

□ せめて／至少；哪怕是
> ▸ せめてもう一人呼びなさい。／哪怕是再叫一個人也好。

□ たった／僅僅、只
> ▸ たった 1 分の差で電車に間に合わなかった。／只差一分鐘沒趕上電車。

□ ほんの／僅僅、些許
> ▸ ほんの 1,000 円か 2,000 円で済みます。／僅僅一、兩千日圓就可以了。

□ ほぼ／大概；大致上
> ▸ 北海道の広さは、日本の面積のほぼ 5 分の 1 だ。／北海道的大小大約是日本國土面積的五分之一。

日本人の曖昧語特訓班

単語や文法のほか、「言いさし表現」やイントネーションにも注意しましょう。

　　　日語口語中，常出現較為曖昧的表現方式。想學會這種隱藏在話語背後的意思，最直接的方式就是透過聽力實戰演練來加強。接著，請聽光碟的對話及問題，選出正確答案。

(4-26) もんだい--

1 答え：① ②	**4** 答え：① ②	**7** 答え：① ②
2 答え：① ②	**5** 答え：① ②	
3 答え：① ②	**6** 答え：① ②	

(4-26) 問題與解答--

1

A：先月入った新人のバイト、もう辞めたんだって。

B：まったく、今の若いやつは。

Q：Ｂはどう思っていますか。

1　今の若者はいい。

2　今の若者は悪い。

A：聽説上個月剛新聘的兼職人員已經辭職了。

B：真是的，現在的年輕人實在是…！

Q：請問Ｂ的看法是什麼？

1　現在的年輕人很好。

2　現在的年輕人很糟。

(答案：**2**)--

Ｂ沒有把話講完是因為他同意Ａ的觀點，因此沒有必要再次複述。

2

A：ごめん、来る途中の道で交通事故があってさ。

B：この前は電車が事故で止まったって言ったわね。

Q：BはAの言うことをどう思っていますか。

1　交通事故があったのなら、しかたがない。

2　交通事故があったというのは嘘ではないだろうか。

A：抱歉，來這裡的半路遇上了車禍。

B：你上次説的是電車遇到事故而停開了呢。

Q：請問B對A説的話有什麼看法呢？

1　既然遇到了車禍，遲到也是無可奈何的事。

2　所謂遇到了車禍該不會是藉口吧？

（答案：**2**）--

由於A連續兩次遲到的理由都説是遇到交通事故，因此B懷疑這是藉口。

3

A：好きなタレントとか、いる？

B：んー、これといって。

Q：Bには好きなタレントがいますか。

1　います。

2　いません。

A：你有沒有喜歡的藝人？

B：嗯…，好像沒有比較特別的…。

Q：請問B有喜歡的藝人嗎？

1　有。

2　沒有。

（答案：**2**）--

當「これといって（值得一提的）」後面接續否定句，表示「沒什麼特別值得拿出來説的」的意思。這裡則省略了後續的否定句。

4

A：ねえ、宿題写させてよ。

B：はあ、しかたないか…。

Q：BはAに宿題を写させてやりますか。

1　はい。

2　いいえ。

A：欸，作業借我抄啦！

B：唉，真拿你沒辦法…。

Q：請問B會把作業借給A抄寫嗎？

1　會。

2　不會。

答案：**1** --

「しかた（が）ない（沒辦法）」是用在面對不近情理的事態，迫不得已無奈接受的情況。

5

A：掃除した人？明美だよ。

B：もう、明美が掃除すると、いつもこうね。

Q：明美さんの掃除は、いつもどうですか。

1　いつもきちんとやります。

2　いつもきちんとやりません。

A：你問是誰打掃的？就明美呀。

B：真是的，每次輪到明美打掃，總是這個樣子。

Q：請問明美小姐的打掃總是什麼樣的呢？

1　總是打掃得非常仔細。

2　總是打掃得非常馬虎。

答案：**2** --

「もう（真是的）」表示不滿意。

6

A：あの子ったら、まったく、ぐずでのろまなんだから。

B：何もそこまで。

Q：BはAの意見をどう思っていますか。

1　賛成です。

2　反対です。

A：説到那孩子真是的，動作慢又腦筋遲鈍！

B：不必説成那樣吧。

Q：請問B對A的意見有什麼看法呢？

1　贊成。

2　反對。

答案：**2** ---

後續的「言わなくてもいいではないか（不必説到那個地步吧）」被省略了。

7

A：翔太ったら、バイクの免許が取りたいなんて言うのよ。

B：別に、もう17歳じゃないか。

Q：Bはどう思っていますか。

1　翔太がバイクの免許を取ってもかまわない。

2　翔太にバイクの免許を取らせてはいけない。

A：翔太真是的，他居然説什麼想去考機車駕照耶！

B：有什麼關係，他不都已經17歲了嗎？

Q：請問B抱持什麼樣的看法呢？

1　翔太去考機車駕照也沒關係。

2　翔太不應該去考機車駕照。

答案：**1** ---

B説的話是指「反正他都已經17歲了，沒什麼不可以的呀」的意思。
在日本，年滿16歲者可以報考機車駕照。

もんだい

5

統合理解　問題5　第一回　(5-1)

問題5では、長めの話を聞きます。

1ばん、2ばん、3ばん

問題用紙に何もいんさつされていません。まず話を聞いてください。それから、質問とせんたくしを聞いて、1から4の中から、最もよいものを一つ選んでください。

(5-2) **1ばん**　【答案跟解説：228 頁】　　答え：① ② ③ ④

- メモ -

(5-3) **2ばん**　【答案跟解説：231 頁】　　答え：① ② ③ ④

- メモ -

(5-4) **3ばん**　【答案跟解説：234 頁】　　答え：① ② ③ ④

- メモ -

4ばん

　まず話を聞いてください。それから、二つの質問を聞いて、それぞれ問題用紙の1から4の中から、最もよいものを一つ選んでください。

5-6 **4ばん**　【答案跟解説：238頁】　　　答え： ① ② ③ ④

質問1

1　日常英会話コースの中級クラス

2　日常英会話コースの上級クラス

3　ビジネス英会話コースの中級クラス

4　ビジネス英会話コースの上級クラス

質問2

1　日常英会話コースの初級クラス

2　日常英会話コースの中級クラス

3　ビジネス英会話コースの初級クラス

4　ビジネス英会話コースの中級クラス

もんだい5　第1回　第❶題 答案跟解說　　5-2

家族3人が数学の勉強法について話しています。

F ：最近数学の点数がよくないんじゃない？

M1：えっ、そうかなあ。この前よりは少し上がったよ。

F ：でも、来年受験なのに…。ねえ、あなた。昔、数学得意だったんでしょう？教えてあげてよ。

M2：どれ、ちょっと見せて。へえ、こんなに難しいのやってんだ。もう、すっかり忘れちゃったな。塾に行かせるほうがいいんじゃない？

M1：ええっ。塾はいやだよ。前にも英語の塾に行ったけど、成績全然上がらなかったじゃない？

F ：じゃあ、どうするつもりなの。家庭教師に来てもらう？

M2：家庭教師は高いよ。最低でも1時間3千円ぐらいするんでしょう？

F ：それぐらい、しかたないじゃない。

M1：大丈夫だよ。これから学校の授業ももっとよく聞いて、家に帰ったら自分でちゃんと予習も復習もするから。

F ：本当？じゃ、この次のテストで80点以上取れなかったら、本当に家庭教師に来てもらうことにするからね。

M2：うん、それがいいんじゃないかな。

M1：分かったよ。

両親はどうすることに決めましたか。

1　父親が子どもに数学を教える
2　子どもを数学の塾に行かせる
3　数学の家庭教師に来てもらう
4　次のテストまで様子を見る

【譯】

一家三口在討論數學科目的學習方法。

F ：最近你的數學分數是不是不太好呀？

M1：嘎，不會吧？比以前進步一點了耶！

228

翻譯與題解

もんだい

1

もんだい

2

もんだい

3

もんだい

4

もんだい

❺

F ：可是，明年就要參加升學考試了…。欸，孩子的爸，你以前數學很拿手吧？教教他嘛。

M2：唔，給我看看。哦，現在教這麼難啊。我好像都忘光光了。不如讓他去上補習班比較好吧？

M1：嘎，我不要去補習班啦！之前也去上過英文補習班了，成績根本一點也沒有進步呀？

F ：那，該怎麼辦才好？請家教老師來？

M2：家教老師很貴耶！最少每小時也要3千日圓左右吧？

F ：這麼點錢，該花的還是得花吧。

M1：不用了啦。我以後會更注意上課聽講，回家以後也會自己認真預習和複習的。

F ：真的？那，假如下次考試沒有考80分以上，就真的要請家教老師來上課囉！

M2：嗯，這主意應該不錯吧。

M1：好啦！

請問這對父母決定要怎麼做呢？

1　父親教孩子數學

2　讓孩子去上數學補習班

3　請數學的家教老師來上課

4　視下次的考試結果再決定

 　　　　　　　　　　　　　　　　　　　　　　　　　　　　　答案：4

【關鍵句】じゃ、この次のテストで80点以上取れなかったら、本当に家庭教師に来てもらうことにするからね。

うん、それがいいんじゃないかな。

攻略要點

　　母親以「～ことにする（決定要…）」這樣的說法表示決定事項。本題以前面提到的「～たら（假如…）」，作為附帶條件式的決定。遇到談話對象為兩人以上的題型時，可於聆聽的同時邊紀錄重點，如下：

父	（1）教える×→塾→（4）家庭教師へ
子ども	（2）塾×→（5）自分で勉強
母	（3）家庭教師→（6）次のテストで80点×
	→家庭教師

● 正確答案及說明 ●

▶ 正確答案是選項 4。孩子説「これから学校の授業ももっとよく聞いて、家に帰ったら自分でちゃんと予習も復習もするから」,母親的回應是「この次のテストで 80 点以上取れなかったら、本当に家庭教師に来てもらうことにするからね」,而父親也隨著附和「うん、それがいいんじゃないかな」。亦即父母決定,先讓孩子自己努力用功,看下次的考試結果再決定。

● 其餘錯誤選項分析 ●

▶ 選項 1　父親提到「こんなに難しいのやってんだ。もう、すっかり忘れちゃったな。塾に行かせるほうがいいんじゃない?」。

▶ 選項 2　孩子説「塾はいやだよ。前にも英語の塾に行ったけど、成績全然上がらなかったじゃない?」,打消了父母要他去上補習班的想法。

▶ 選項 3　由於家教老師費用太高,暫時不考慮聘請家教。

● 單字と文法 ●--------------------------------

□ 〜法 方法　　　　　　　　□ 家庭教師 家教老師

□ どれ 哎、啊　　　　　　　□ 様子 情況;動向

□ 成績 成績　　　　　　　　□ 様子を見る 看情況

● 說法百百種 ●--------------------------------

▶ 各種提問的説法

> 娘は父親に対して、どう思っていますか。/女兒對父親有什麼看法?

> 父と娘が家具の置き方について話しています。娘の部屋はどうなりますか。
> /父親和女兒正在討論家具的擺置方式。女兒的房間會有什麼樣的新面貌呢?

> 父親はどうして子どもとよく遊ぶようになりましたか。
> /為什麼父親現在比較常陪孩子玩了呢?

● 小知識 ●--------------------------------

　　父親説的「やってんだ (做)」是「やっているんだ」的口語縮約形。這裡的「んだ/のだ」表示説話人信服的語氣。

翻譯與題解

もんだい 1

もんだい 2

もんだい 3

もんだい 4

もんだい ❺

家で母親と子どもが話しています。

F1：ピザがまだ残ってるよ。健太と綾子で分けて食べちゃってよ。

M：ええっ。もう入らないよ。7枚も食べたんだから。

F2：綾子だって5枚食べたよ。

M：あれ、そういえば、お母さん、まだ1枚も食べてないんじゃない？サラダばっかり食べて。

F1：だってお母さん今ダイエットしてるんだから、ピザなんか食べられないよ。カロリー高いんだから。

M：じゃ、残りは全部お父さんに食べてもらえば？お父さんならこれぐらい食べられるでしょう？

F1：でも、お父さんさっき電話で会社の人と飲んでくるって言ってたから、夕飯は食べないよ。困ったね…。じゃ、健太と綾子であと1枚ずつ食べてよ。残りの2枚はあとでお父さんに食べてもらうから。

M：あと1枚ならなんとか入るかな。綾子は？

F2：あと1枚なら食べられる。

ピザは全部で何枚ありましたか。

1　12枚
2　14枚
3　16枚
4　18枚

【譯】

母親和孩子們在家裡交談。

F1：披薩還有剩下的喔。健太和綾子分一分吃掉啦。

M：嘎？我已經吃不下了啦！我都已經吃7片了耶！

F2：綾子也吃5片了呀！

M：咦，對了，媽媽，妳連一片都還沒吃耶？從頭到尾都在吃沙拉。

F1：因為媽媽現在正在減重，怎麼能吃披薩呢！熱量太高了。

M：那，剩下的全部給爸爸吃囉？就剩下這麼幾片，爸爸應該吃得完吧？

F1：可是，你們爸爸剛才打電話回來說他要和公司的同事去喝酒，不回來吃晚飯了呀。傷腦筋耶…。那，健太和綾子再各吃 1 片嘛。剩下的 2 片，晚一點要爸爸吃掉吧。

M：如果只再吃 1 片，我應該還塞得下吧。綾子呢？

F2：再 1 片的話，我吃得下。

請問披薩總共有幾片呢？

1　12片

2　14片

3　16片

4　18片

解 題 關 鍵 と 訣 竅 --- 答案：3

【關鍵句】7枚も食べたんだから。
　　　　　綾子だって5枚食べたよ。
　　　　　健太と綾子であと1枚ずつ食べてよ。残りの2枚はあとでお父さんに
　　　　　食べてもらうから。

! 攻略要點

　　一聽到數字就要寫筆記。即使出現需要計算的題目，也不會是太複雜的考題。

● 正確答案及說明 ●

▶ 正確答案是選項 3。前面的段落提到，健太「7枚も食べた」、「綾子だって5枚食べた」，媽媽建議剩下的「健太と綾子であと1枚ずつ食べてよ。残りの2枚はあとでお父さんに食べてもらうから」，因此全部加總起來是 7＋5＋1＋1＋2＝16。

單字と文法

- □ ピザ【〈義〉pizza】披薩
- □ 入る 吃得下
- □ だって 因為
- □ ダイエット【diet】減重
- □ 残り 剩下
- □ 飲む 此指喝酒

小知識

　　對話裡將切片披薩以「枚（片）」計算，但在日文中，「枚」較常用在切開前圓扁形物體的計數單位，因此像這樣切開後的片狀物，稱作「切れ（切片）」會更加明確。不過在日常會話中，常將切片的物體以「枚」作為計數單位，尤其是小孩。

男の人と女の人が、会社の食堂で、テレビでやっている桜の開花予想を見ています。

M：では、続いて桜の開花予想をお伝えします。今年は3月上旬の平均気温が平年を大きく上回った影響で、西日本では桜の開花が記録的に早くなり、九州地方では今週末ごろには満開になるところが多いでしょう。関東や東北地方などでも平年より1週間ほど開花が早まると予想され、関東地方では来週末ごろに満開を迎えるでしょう。東北地方では4月上旬から下旬にかけて南のほうから順に満開になるでしょう。一方、北海道の今年の桜の開花日と満開日は平年並みで、5月の上旬から中旬にかけて満開となるところが多いでしょう。

F：あーあ、九州は毎年だいたい来週末ごろに桜が満開になるから、それにあわせて行こうと思って有休とったのに…。これじゃ、私が行くころにはもう全部散っちゃってるかもしれないな。

M：もし来週末に行くなら、場所を変更すれば？今、関東地方は来週末に満開になるって言ってたから、ちょうどいいんじゃない？

F：でも、関東で桜の有名なところはほとんど行ったことあるんですよ。だからたまには他のところの桜も見てみたくて。

M：へえ、そんなに桜が好きなんだ。5月上旬まで待てるなら、ゴールデンウィークがあるから、そのときに北海道に行けば？北海道ってあんまり桜のイメージないけど、前にテレビで紹介してたの見たら、結構よかったよ。

F：そうなんですか。じゃ、そうしようかな。でも、東北の桜も見たこともないから、行ってみたいな。

M：東北は4月の上旬から下旬にかけて満開って言ってたよね。4月はうちはいろいろと忙しいから有休とるのはやめといたほうがいいよ。

F：そうですね。それにゴールデンウィークに行けば有休使わなくてもいいし。あとで課長に相談してみます。

翻譯與題解

もんだい

1

もんだい

2

もんだい

3

もんだい

4

もんだい

❺

<ruby>女<rt>おんな</rt></ruby>の<ruby>人<rt>ひと</rt></ruby>は、いつ、どこに<ruby>桜<rt>さくら</rt></ruby>を<ruby>見<rt>み</rt></ruby>に<ruby>行<rt>い</rt></ruby>くつもりですか。

1　<ruby>今週末<rt>こんしゅうまつ</rt></ruby>に<ruby>九州<rt>きゅうしゅう</rt></ruby>

2　<ruby>来週末<rt>らいしゅうまつ</rt></ruby>に<ruby>関東<rt>かんとう</rt></ruby>

3　<ruby>4月<rt>がつ</rt></ruby>に<ruby>東北<rt>とうほく</rt></ruby>

4　<ruby>5月上旬<rt>がつじょうじゅん</rt></ruby>に<ruby>北海道<rt>ほっかいどう</rt></ruby>

【譯】

男士和女士在公司的員工餐廳裡收看電視上報導的櫻花花期預測。

M：那麼，接下來播報櫻花花期預測。受到今年 3 月上旬平均氣溫較往年大幅上升的影響，西日本地區的櫻花創新紀錄提早開花，而九州地區應有多處將於本週末達到盛開高峰。預估關東和東北地區亦將比往年提早一週左右開花，關東地區將會在下週末前後達到盛開高峰，東北地方應是自 4 月上旬到下旬從南部依序往上盛開。另一方面，北海道今年的櫻花開花日及盛開日預估和往年差不多，多數地方將於 5 月上旬至中旬之間達到盛開高峰。

F：唉唷，我還以為九州的櫻花每年差不多都是在下週末盛開，想趁那段時間去賞櫻，所以還請了休假耶…。這麼一來，等我到了那裡，不就全都謝光了嗎？

M：如果要在下週末去賞櫻，不如換個地方吧？剛才的報導說了，關東地區下週末會盛開，時間不是剛好嗎？

F：可是，關東地區知名的賞櫻景點我幾乎都去過了嘛，所以才想要到其他地方賞櫻呀。

M：是哦，妳那麼喜歡櫻花喔。如果可以等到 5 月上旬，恰好是黃金週的假期，不如到那時候再去北海道吧？一般人對北海道的櫻花沒什麼印象，不過我上次看到電視節目的介紹，其實挺漂亮的耶！

F：真的嗎？那，還是要改成去北海道呢…？不過，我也沒看過東北的櫻花，好想去哦。

M：剛才的報導說，東北的盛開期是 4 月上旬到下旬吧。 4 月份我們公司很多事要忙，我看妳還是不要在那段時間請假比較好哦。

F：有道理耶。而且利用黃金週的假期去，就不必用到自己的休假了。我等一下去和課長商量看看。

請問這位女士打算什麼時候、去什麼地方賞櫻呢？

1　本週末去九州

2　下週末去關東

3　4 月去東北

4　5 月上旬去北海道

【關鍵句】5月上旬まで待てるなら、ゴールデンウィークがあるから、そのとき
に北海道に行けば？

ゴールデンウィークに行けば有休使わなくてもいいし。

> **攻略要點**

　　從男士提議利用黃金週的假期去賞櫻，到女士決定日期地點之間，還夾
了一個去東北的方案。這是混淆視聽的常見手法。或許應試者不懂「ゴール
デンウィーク（黃金週的假期）」和「有休（帶薪休假）」，但本題即使不
懂這兩個單詞也能作答。

⬤ 正確答案及説明 ⬤

▶ 正確答案是選項4。男士建議「5月上旬まで待てるなら、ゴールデンウ
　ィークがあるから、そのときに北海道に行けば？」，女士附議「ゴール
　デンウィークに行けば有休使わなくてもいいし」，也就是接受了男士的
　提案。

⬤ 其餘錯誤選項分析 ⬤

▶ 選項1　女士原本計畫於下週末去九州，但是今年提早開花，九州的櫻花
　　　　　在本週末就會盛開了。

▶ 選項2　關東地區的櫻花將於下週末盛開，但女士説她「関東で桜の有名な
　　　　　ところはほとんど行ったことある」，所以想要到其他地方賞櫻。

▶ 選項3　東北地區的櫻花將於4月盛開，但男士建議「4月はうちはいろ
　　　　　いろと忙しいから有休とるのはやめといたほうがいいよ」，而
　　　　　女士也同意了。

翻譯與題解

もんだい

1

もんだい

2

もんだい

3

もんだい

4

もんだい

❺

🔵 單字と文法 🔵

□ **平年** _{へいねん} 往年、常年

□ **記録的** _{きろくてき} 創記錄的

□ **順** _{じゅん} 順序、次序

□ **一方** _{いっぽう} 另一方面

□ **あーあ** 唉唷（表示失望）

□ **有休** _{ゆうきゅう}（「**有給休暇** _{ゆうきゅうきゅうか}」の**略** _{りゃく}）帶薪休假

□ **ゴールデンウィーク** 【golden week】
　 黃金週（四月底到五月初）

🔵 說法百百種 🔵

▶ 和地球暖化相關的說法

> 皆さんご存じのように、この数十年間地球は温暖化しつつあります。
> ／如同在座各位所知，這十幾年來地球暖化程度持續惡化。

> 今後さらに暖かくなると、動物や植物にも影響を与えることが考えられます。／往後若地球持續暖化，可以想見包括動物和植物在內都會受到影響。

> この島は冬の寒さが厳しいことで知られていますから、もしこのまま温暖化が進めば、動物や植物にとって過ごしやすくなり、数が増えると一般には思われがちです。
> ／這座小島以嚴酷的寒冬聞名，若是地球持續暖化，一般認為將有助於動物與植物的生存因而數量增多。

もんだい５　第1回　第④題　答案跟解說　5-6

男の人と女の人が英会話教室でコースの説明を聞いています。

F1：では、当校のコースについてご説明いたします。当校では日常英会話コースとビジネス英会話コースに分かれておりまして、それぞれのコースに初級、中級、上級のクラスがございます。同じ初級クラスでもビジネス英会話コースのほうが少しレベルは高くなりますが、学校の英語を一通り学習されてきた方でしたら、こちらでも問題ないと思います。日常英会話コースはほんとに中学生レベルの初歩からになりますので。ビジネス英会話コースの初級クラスでは簡単な挨拶や自己紹介から入り、会社の業務の紹介、電話の応対などを練習していただきます。中級クラスでは主に企業間の交渉、契約の仕方を学んでいただき、上級クラスでは国際会議の場で使える英語を目指します。

M：どのクラスを見学しようかな？荒川さんは当然ビジネスコースの上級ですよね。

F2：上級なんてまだ無理ですよ。せいぜい中級が精一杯ですよ。

M：そんなことないですよ。さっきの英語のプレゼンだって完璧だったじゃないですか。

F1：ご見学なさってみて、合わないようでしたら、他のクラスに変更されてもかまいませんよ。

F2：そうですか。じゃ、頑張ってチャレンジしてみます。浅田さんはどうします？

M：僕は日常会話も全然話せないんですから、もちろん日常会話コースの初級クラスからですよ。

F1：でも、仕事で使う英会話をお習いになりたいなら、やっぱりビジネスコースのほうがいいと思いますよ。

F2：そうですよ。それに、浅田さんも読み書きはよくおできになるじゃないですか。ビジネスコースの中級クラスになさったらいかがですか。

翻譯與題解

もんだい
1

もんだい
2

もんだい
3

もんだい
4

もんだい
❺

M：いや、僕は読み書きだけで、話すのはほんとに駄目なんですよ。でも、いわれてみればそうですね。ふだんの生活の中で英語が必要なことなんて滅多にありませんしね。じゃ、そうします。でも、クラスは最初は簡単なのからにします。

質問1　女の人はどのクラスを見学しますか。

質問2　男の人はどのクラスを見学しますか。

【譯】

男士和女士在英語會話教室裡一起聽取課程介紹。

F1：那麼，現在為您介紹本校的課程。本校分為日常英語會話課程和商用英語會話課程兩種，每種課程都分別有初級、中級、高級等三個班級。同樣是初級班，商用英語會話課程的程度會稍微高一點，不過我想，只要是曾在學校上過英文課的人士，上這個班級應該沒有問題。日常英語會話課程幾乎都是由中學程度的初級內容開始上課。商用英語會話課程的初級班是從簡單的問候與自我介紹開始上起，還會加入公司業務介紹、電話應答等等練習。中級班主要學習企業間的交涉以及洽談合約，高級班則是學習在國際會議場合使用的英語。

M：我該去哪一班試聽呢？荒川小姐當然是到商用課程的高級班吧。

F2：我哪有辦法上高級班呢？頂多是中級班就很吃力了。

M：不會啦，妳剛才用英文做的簡報根本無懈可擊呀！

F1：您們可以先去試聽，若是不適應，可以再換到其他班級，沒有問題喔。

F2：這樣呀。那麼，我就努力挑戰看看。淺田先生打算上哪一班？

M：我連日常會話都完全不行，當然是從日常會話課程的初級班開始囉。

F1：可是，如果您想學習工作上會用到的英語會話，我建議還是參加商用課程比較好喔。

F2：是呀。何況淺田先生的讀寫程度不是都很厲害嗎？您要不要試試商用課程的中級班呢？

M：不，我只有讀寫還可以，會話真的完全不行。不過，妳們這麼說也有道理，一般日常生活中幾乎不會用到英語。那，就這樣吧。不過，課程一開始還是要從簡單的上起。

問題1　請問這位女士會試聽哪個班級呢？

1　日常英語會話的中級班　　2　日常英語會話的高級班
3　商用英語會話的中級班　　4　商用英語會話的高級班

問題2　請問這位男士會試聽哪個班級呢？

1　日常英語會話的初級班　　2　日常英語會話的中級班
3　商用英語會話的初級班　　4　商用英語會話的中級班

【關鍵句】(1) 当然ビジネスコースの上級ですよね。
中級が精一杯ですよ。

(2) じゃ、頑張ってチャレンジしてみます。
でも、いわれてみればそうですね。ふだんの生活の中で英語が
必要なことなんて滅多にありませんしね。じゃ、そうします。でも、
クラスは最初は簡単なのからにします。

！ 攻略要點

　　會話中出現了「チャレンジする（挑戰）」、「そうする（就這樣）」
之類的曖昧用法，聆聽時請思考其具體指涉的事項是什麼。

● 正確答案及說明 ●

(1)

▶ 正確答案是選項 4。當男士認為女士「当然ビジネスコースの上級ですよ
ね」，女士一開始答稱「中級が精一杯」，但聽到職員告知試聽之後還可
以更換班級，於是就說「じゃ、頑張ってチャレンジしてみます」。

(2)

▶ 正確答案是選項 3。男士原本打算「もちろん日常会話コースの初級クラ
スから」，但在職員和女士的勸說之下改變了主意，回答「いわれてみれ
ばそうですね。ふだんの生活の中で英語が必要なことなんて滅多にあり
ませんしね。じゃ、そうします」。這句話裡的「そうする」，指的是「ビ
ジネスコースにする」。「荒川さん」雖建議他從商用課程的中級班上起，
但男士回答「クラスは最初は簡単なのからにします」，因此男士想要試
聽的課程是初級班。

● 單字と文法 ● ---

□ **日常** 日常、平時

□ **初級・中級・上級** 初級、中級、高級

□ **レベル【level】** 程度

□ **一通り** 大略、粗略

□ **応対** 應對、接待、應酬

□ **目指す** 以…為目標

□ **見学** 試聽、參觀

□ **チャレンジ【challenge】** 挑戰

□ **読み書き** 讀寫

□ **滅多に** 難得、罕見、很少（後面多接否定）

もんだい5 小専欄!

後ろによく否定が来る副詞、必ず否定が来る副詞を集めました。

【搭配否定表現的副詞】

□ 一切〜ない／全都不…；絲毫沒有…（後面一定要接否定）
> ダイエット中だから、肉は一切食べない。／因為在減肥中，所以完全不吃肉。

□ 絶対（に）〜ない／絕對不…
> 何でもできる人なんて絶対いない。／絕對沒有什麼都辦得到的人。

□ 少しも〜ない／一點都不…（後面一定要接否定）
> あんな子、少しもかわいくない。／那樣的女孩一點都不可愛。

□ そう〜ない／不那麼…
> そう難しいことではないよ。／並沒有那麼困難呦。

□ 大して〜ない／不怎麼…（後面一定要接否定）
> 雨は大して降らなかった。／雨下得不怎麼大。

□ どうしても〜ない／怎麼也不…、無論如何都不…
> どうしても許せない。／無論如何都不能原諒。

□ とても〜ない／怎麼…也不…
> あの美魔女はとても40には見えない。／那個美魔女怎麼看也不像四十歲。

□ 何とも〜ない／沒有什麼…（後面一定要接否定）
> 何とも説明のしようがない。／想説明也無從説明。

□ 別に〜ない／並不…、沒特別…（後面一定要接否定）
> 別に聞きたくはない。／並不怎麼想聽。

□ 全く〜ない／完全不…
> 全く信じられない。／完全無法相信。

統合理解　問題5　第二回　(5-7)

問題5では、長めの話を聞きます。

1ばん、2ばん、3ばん、4ばん

問題用紙に何もいんさつされていません。まず話を聞いてください。それから、質問とせんたくしを聞いて、1から4の中から、最もよいものを一つ選んでください。

(5-8) **1ばん**　【答案跟解説：244頁】　　答え：① ② ③ ④

- メモ -

(5-9) **2ばん**　【答案跟解説：248頁】　　答え：① ② ③ ④

- メモ -

(5-10) **3ばん**　【答案跟解説：251頁】　　答え：① ② ③ ④

- メモ -

(5-11) 4ばん 【答案跟解說：254頁】　　答え：① ② ③ ④

- メモ -

5ばん　　　　　　　　　　　　　　　　　　(5-12)

まず話を聞いてください。それから、二つの質問を聞いて、それぞれ問題用紙の１から４の中から、最もよいものを一つ選んでください。

(5-13) 5ばん 【答案跟解說：257頁】　　答え：① ② ③ ④

質問1

1　治療代を払う必要も見舞いをする必要もない

2　治療代は払うべきだが、見舞いする必要はない

3　治療代を払う必要はないが、見舞いはするほうがよい

4　治療代を払って見舞いもするべきだ

質問2

1　治療代を払う必要も見舞いをする必要もない

2　治療代は払うべきだが、見舞いする必要はない

3　治療代を払う必要はないが、見舞いはするほうがよい

4　治療代を払って見舞いもするべきだ

第五大題。聆聽一段長對話。第1、2、3、4題。答案卷上沒有印任何圖片和文字。請先聽完對話，再聽問題和選項，從選項1到4當中，選出最佳答案。

もんだい5 第2回 第①題 答案跟解說 5-8

男の人が電話で日帰りツアーの予約をしています。

M：すみません、そちらで主催されている日帰りツアーに参加したいんですが。

F：ありがとうございます。日にちとご希望のツアーはお決まりですか。

M：いえ、まだちゃんと決めてないんです。ええと、来月の15日から三日間そちらに行くんですけど…。ダイビングのツアーがありますよね。全然経験ないんですけど、大丈夫ですか。

F：はい、専門のインストラクターがお教えいたしますので、ご安心ください。

M：じゃ、お願いします。ええと、そのツアーは朝8時出発で午後までかかるんですよね。それじゃ、それは二日目の16日でお願いします。それから、熱気球のツアーもあるんですよね。

F：熱気球につきましては、ご予約の必要はございません。朝6時から夜7時の間に会場においでいただければ結構です。ただ、当日の風の具合によって中止になることもございますので、事前にお電話でご確認ください。

M：分かりました。ええと、それから、川下りのツアーもありますよね。朝8時出発でお昼までだから、最後の日でも参加できそうだな。これ、17日にお願いします。

F：かしこまりました。以上でよろしいですか。

M：何か他にお勧めのツアーはありますか。

F：そうですね。夜間になりますが、星空観察ツアーはいかがですか。夜8時出発で10時までのコースでございます。あと、人気があるのは乗馬体験ですね。こちらは朝から夕方までご予約なしでご参加いただけます。

M：星空観察は面白そうだな。でも、次の朝早く起きなきゃいけないから、夜はやめておきます。あと、乗馬もよさそうだな…、それは最初の日の午後に天気がよかったら行ってみます。じゃ、以上でお願いします。

244

翻譯與題解

もんだい

1

もんだい

2

もんだい

3

もんだい

4

もんだい

❺

<ruby>男<rt>おとこ</rt></ruby>の<ruby>人<rt>ひと</rt></ruby>が<ruby>予約<rt>よやく</rt></ruby>したツアーはどれとどれですか。

1 ダイビングと<ruby>川下<rt>かわくだ</rt></ruby>り

2 ダイビングと<ruby>熱気球<rt>ねっききゅう</rt></ruby>

3 <ruby>乗馬<rt>じょうば</rt></ruby>と<ruby>川下<rt>かわくだ</rt></ruby>り

4 <ruby>熱気球<rt>ねっききゅう</rt></ruby>と<ruby>星空観察<rt>ほしぞらかんさつ</rt></ruby>

【譯】

一位男士打電話預約一日遊行程。

M：不好意思，我想參加貴公司主辦的一日遊行程。

F：非常感謝您的惠顧！請問您是否已經決定好日期和想參加的行程了呢？

M：不，我還沒有決定。我看一下，我會在下個月15號起去那邊3天…。你們有潛水的行程吧？我完全沒有經驗，可以參加嗎？

F：沒有問題，這裡有專業的教練會教您，請儘管放心。

M：那，麻煩幫我訂這個。呃，那個行程是從早上8點出發一直到下午吧。那麼，請幫我排在第二天的16號。還有，你們也有熱氣球的行程吧？

F：熱氣球行程不必預約，只要在早上6點到晚上7點之間直接到會場就可以了。不過，有時候會因為當天的風勢強勁而取消，麻煩事先打電話確認。

M：好的。呃，然後，你們也有泛舟的行程吧？從早上8點出發到中午結束，看起來應該可以擺在最後一天參加，這個請幫我排17號。

F：好的。請問您要預訂的就是以上這些行程嗎？

M：有沒有其他推薦的行程？

F：我幫您看看。有一項觀星活動，您有興趣嗎？不過時間安排在晚上，從晚上8點出發到10點結束。還有，騎馬體驗也很熱門，這一項是從早上到傍晚都可以參加，不需要預約。

M：觀星聽起來好像蠻有意思的耶。不過，隔天還得早起，那晚上就不排活動了。另外，騎馬似乎也不錯…，假如第一天下午天氣不錯，我就去看看。那麼，以上這些行程麻煩妳了。

請問這位男士預約的行程是哪一項和哪一項呢？

1 潛水和泛舟

2 潛水和熱氣球

3 騎馬和泛舟

4 熱氣球和觀星

【關鍵句】ダイビングのツアーがありますよね。…。16日でお願いします。
川下りのツアーもありますよね。…。これ、17日にお願いします。

！ 攻略要點

　　聆聽時請特別注意「参加するつもりかどうか（是否打算參加）」和「予約をしたかどうか（是否已經預約了）」的不同。

● 正確答案及說明 ●

▶ 正確答案是選項1。男士在對話中提到，潛水行程「16日でお願いします」，以及泛舟行程「17日にお願いします」，因此預約的只有這兩個項目。熱氣球不需要預約，觀星則放棄了。騎馬雖然有興趣，但是職員告知不需預約，於是他決定「最初の日の午後に天気がよかったら行ってみます」，換言之，他並沒有預約。

● 單字と文法 ●

□ 日帰り 當日往返

□ ツアー【tour】 旅行、旅遊；團體旅遊

□ 夜間 夜間、夜晚

□ 星空 星空、星光閃耀的天空

□ 観察 觀察；仔細察看

□ 以上 以上、上述

● 說法百百種 ●

▶ 各種提問說法

女の人がコンビニでサラダを選んでいます。女の人が選んだサラダはどれですか。
／女士在超商選購沙拉。請問女士挑選的沙拉是哪一種呢？

女の人が男の人のかばんの中を見ながら話しています。男の人がいつもかばんに入れている物は何ですか。
／女士一邊檢視男士的提包內部，一邊講話。請問男士慣常放在提包裡的是什麼物品呢？

翻譯與題解

もんだい 1

もんだい 2

もんだい 3

もんだい 4

もんだい ❺

女の人が温泉の入り方を説明しています。この人が勧めている温泉の入り方はどれですか。

／女士正在說明浸泡溫泉的步驟。請問她推薦的浸泡溫泉的步驟是哪一種呢？

本屋で男の人が本を探しています。

M：すみません。本を探してもらいたいんですが。この「日本近代史」は上と下があって、下は見つかったんですが、上が見つからないんです。

F：検索してみますので、少々お待ちください。

（コンピューターで本を検索する）

F：そうですね。こちらの上のほうは売れてしまったようで、ただいま在庫がございません。ご注文なさいますか。

M：でも、下だけ先に買って帰ってもしょうがないから、両方一緒に注文してもいいですか。家まで配達していただけるんですよね。

F：はい、ただし、1回のご注文が5,000円未満の場合、300円の送料がかかります。

M：上と下あわせたら5,000円になるはずですけど。

F：あ、そうですね。上下2冊で消費税込みで5,400円ですね。失礼しました。お支払いは先払いになさいますか、それとも商品のお届けと引き換えになさいますか。お届けと引き換えの場合は手数料が250円かかりますが。

M：じゃ、先に払っちゃいます。あとで上下一緒に家まで送ってください。

F：かしこまりました。では、こちらにお名前とご住所をご記入ください。

男の人は商品を受け取るとき、いくら払いますか。

1　5,000円
2　5,400円
3　5,650円
4　払わない

翻譯與題解

もんだい
1

もんだい
2

もんだい
3

もんだい
4

もんだい
❺

【譯】

有位男士在書店找書。

Ｍ：不好意思。我想麻煩妳幫我找一本書。這套《日本近代史》有上下兩冊，我已經找到下冊了，但是找不到上冊。

Ｆ：我現在為您搜尋，請稍待一下。

（在電腦上搜尋書目）

Ｆ：嗯，這套書的上冊好像已經賣掉了，目前沒有庫存。請問要為您訂購嗎？

Ｍ：可是，只把下冊先買回去也沒有用，請妳幫我一起訂上下兩冊好嗎？可以寄到家裡吧。

Ｆ：好的，不過，單筆訂單不滿5,000日圓時，必須支付300日圓的運費。

Ｍ：上下兩冊加起來應該有5,000日圓才對。

Ｆ：啊，沒錯。上下兩冊含稅後總共是5,400日圓才對。非常抱歉。請問付款方式您要選擇預付，還是貨到付款呢？選擇貨到付款需要加上250日圓的手續費。

Ｍ：那，我先付掉吧。之後請將上下兩冊一起送到家裡。

Ｆ：好的。那麼，麻煩您在這裡填上大名和住址。

請問這位男士在收到商品的時候，需支付多少錢呢？

1　5,000日圓

2　5,400日圓

3　5,650日圓

4　不需付款

 （答案：4）

【關鍵句】お支払いは先払いになさいますか、それとも商品のお届けと引き換えになさいますか。お届けと引き換えの場合は手数料が250円かかりますが。
じゃ、先に払っちゃいます。

!　攻略要點

　　本題乍看之下是計算題，其實陷阱就在問題中的「商品を受け取るとき（在收到商品的時候）」這句話。

▶ 正確答案是選項 4。男士購買商品的金額是 5,400 日圓,免運費。貨到付款的手續費是 250 日圓,但是男士已經預先付清了,因此他需要支付的金額合計是 5,400 日圓。由於題目問的是「商品を受け取るとき(在收到商品的時候)」,因此他完全不必支付任何款項。

● **單字と文法** ● --

□ **上・下**(「上巻・下巻」の略) 上下 兩冊

□ **検索** 檢索、檢查、查看

□ **配達** 送;投遞

□ **未満** 未滿、不足

□ **消費税** 消費稅

□ **〜込み** 包含…在內

● **說法百百種** ● --

▶ **商店購物常用說法**

ご自分で袋を持ってきてくださったお客様に毎回 1 点をさしあげます。/自備購物袋的顧客每次購物將致贈 1 點。

20 点溜まりましたら、お買い物にお使いいただける 100 円券を差し上げます。/集滿 20 點將致贈 100 圓禮券供購物時使用。

配達する日や時間を指定することはできますか。
/可以指定投遞的日期或時間嗎?

翻譯與題解

もんだい 1

もんだい 2

もんだい 3

もんだい 4

もんだい ❺

女の学生が男の学生に相談しています。

F ：私、今度パソコン買い替えるんだけど、古いパソコンって粗大ごみで持ってってもらうのにいくらぐらいかかるか知ってる？

M1：もう随分前のことだけど、僕が古いパソコンを処分したときはたしか3,000円ぐらいだったと思うよ。

F ：へえ、結構かかるんだ。

M2：あれ、今は違うんだよ。パソコンリサイクルの法律変わったの知らないの？

FとM1：え、ほんと？

M2：うん。そのパソコンって自分で組み立てたんじゃなくてお店で買ったんでしょう？いつごろ買ったの？

F ：うーん、たしか7、8年前かな。

M2：それなら、パソコンのどこかに「ＰＣリサイクル」って書いてあるマークがあるはずだよ。それがついてれば、そのパソコンメーカーに連絡すれば無料で引き取ってくれるよ。

F ：へえ、そうなんだ。あ、たしかにそのマークついてる。

M1：じゃ、僕のみたいに自分で組み立てたパソコンはどうすればいいの？

F ：元の通りバラバラにすればごみに出してもいいんじゃない？

M2：それでもいいけど、「ＰＣリサイクル」マークのないパソコンを引き取ってくれる専門のリサイクルセンターがあったはずだよ。その場合は有料だけどね。

女の学生は古いパソコンをどうしますか。

1 粗大ごみとして持っていってもらう

2 パソコンメーカーに連絡して引き取ってもらう

3 バラバラにしてごみに出す

4 専門のリサイクルセンターに引き取ってもらう

【譯】

女學生找男學生們商量事情。

F ：我這次要買一台新電腦，舊電腦要當作大型垃圾請人來回收，請問你們知不知道大概要付多少錢呢？

M1：那已經是很久以前的事了，不過印象中我把舊電腦處理掉的時候，好像花了3,000日圓左右。

F ：是哦，還真不便宜耶。

M2：咦，現在不是囉。你們不曉得電腦回收的法規已經改了嗎？

F 和M1：嗄，真的嗎？

M2：嗯。妳那台電腦應該不是自己組裝的，而是在店裡買的吧？大概是多久以前買的？

F ：呃…，好像是7、8年前吧。

M2：那樣的話，應該在電腦的某個地方貼著印有「ＰＣ回收」的貼紙喔。只要有那張貼紙，就可以跟那家電腦製造商聯絡，請他們來免費回收喔。

F ：哦，原來是這樣呀。啊，上面真的有那張貼紙！

M1：那，像我那台是自己組裝的電腦，該怎麼處理呢？

F ：只要把它全部拆開恢復成零件，再當成垃圾拿去丟，應該就可以了吧？

M2：那樣也可以，不過應該有專業回收中心會收取那種沒有「ＰＣ回收」貼紙的電腦喔。只是交給回收中心處理的話，還要付費就是了。

請問這位女學生將要如何處理舊電腦呢？

1　請人來回收這件大型垃圾

2　聯絡電腦製造商請對方來回收

3　全部拆開後當成垃圾丟掉

4　請專業回收中心來回收

--答案：2

【關鍵句】パソコンのどこかに「ＰＣリサイクル」って書いてあるマークがあるはずだよ。それがついてれば、そのパソコンメーカーに連絡すれば無料で引き取ってくれるよ。

! 攻略要點

　　對話中出現了「粗大ごみ（大型垃圾）」、「リサイクル（回收）」等等難度略高的單詞，不過這一題並沒有暗藏拐彎抹角的陷阱。

◯ 正確答案及說明 ◯

▶ 正確答案是選項2。女學生的電腦上貼著印有「ＰＣリサイクル（ＰＣ回收）」的貼紙，所以只要和那台電腦的製造商聯絡，就能請對方免費回收。

◯ 其餘錯誤選項分析 ◯

▶ 選項1　女學生雖然一開始想當作大型垃圾處理，但男學生告訴她相關法規已經修改了。

▶ 選項3　若是自己組裝的電腦，可以全部拆開恢復成零件後再成垃圾丟棄，不過女學生的電腦是買來時已經組裝完整的現貨。

▶ 選項4　如果是自己組裝的電腦，可以請專業回收中心來回收，但是女學生的電腦是買來時已經組裝完整的現貨。

◯ 單字と文法 ◯--------------------------------

□ **買い替える** 換購（買新品將舊貨換掉）　□ **無料** 免費

□ **組み立てる** 裝配、組合　□ **ごみに出す** 當成垃圾拿去丟

□ **マーク【mark】** 標籤、標誌　□ **有料** 收費、付費

レストランのレジで男の人と女の人がお金を払っています。

F1：合計で 4,000 円になります。

F2：あの、この 500 円のクーポン券を使いたいんですが。

F1：こちらですか。大変申し訳ありません。ここにも記してありますように、こちらのクーポンは消費金額が 5,000 円以上の場合に限りご利用いただけることになっております。

F2：あ、そうなんだ。じゃ、このお持ち帰りカレーがちょうど 1,000 円だから、これ買って 5,000 円にすれば、クーポン使えますよね。

M ：クーポン使うためにわざわざ買わなくてもいいじゃん。それじゃ、結局 4,500 円払わなくちゃいけないよ。

F2：別にクーポン使うためにわざわざ買うわけじゃないよ。もともと買って帰ろうと思ってたんだよ。

M ：そう？それならいいけど…。あれっ？あの、ここに今月が誕生日の人がいる場合は合計金額から 10 ％ 割引って書いてありますけど、こちらはいくら以上って制限はないんですよね。僕、今月が誕生日なんです。これ、免許証でよければ。

F1：はい。お誕生日月割引サービスをご利用いただきますと、10 ％ 割引ですので、3,600 円になります。あ、申し遅れましたが、お誕生日月割引サービスとクーポン券は同時にご利用になることはできませんが、よろしいですか。

M ：クーポンはまた今度使えばいいんだから、今日はこっちにしようよ。そうすれば、持ち帰りカレー買わなくてもいいんだから。

F2：クーポンはいいけど、やっぱりカレーも買って帰りたいな。

M ：そう？じゃ、すみません。これも一つお願いします。

翻譯與題解

もんだい

1

もんだい

2

もんだい

3

もんだい

4

もんだい

❺

二人<ruby>はいくら払<rt>はら</rt></ruby>いますか。

1　3,600 円

2　4,000 円

3　4,500 円

4　5,000 円

【譯】

男士和女士在餐廳的收銀台前結帳。

F1：總共是4,000日圓。

F2：不好意思，我想要用這張500日圓折價券。

F1：請問是這張嗎？非常抱歉，如同上面印的注意事項，這張折價券必須在消費金額超過5,000日圓以上才能折抵。

F2：啊，這樣呀。那，外帶咖哩正好1,000日圓，只要買了這個湊滿5,000日圓了，就可以用折價券了吧？

M：不必為了用折價券而特地買東西湊金額啦。這樣一來，結果反而要付4,500日圓耶！

F2：我不是為了要用折價券才特地買的呀，我本來就想買回去嘛。

M：是哦？那樣倒是沒關係…。咦？請問一下，這上面寫著本月壽星可享結帳金額九折優惠，這項優惠沒有規定金額必須多少以上吧？我這個月生日。這是我的駕照，請看一下。

F1：好的。如果使用壽星折扣優惠就是九折，打折後是3,600日圓。啊，忘了提醒您，壽星優惠和折價券不能同時使用，請問這樣可以嗎？

M：折價券下次再用就好了，今天先用這項優惠吧。這樣的話，就不用買外帶的咖哩了。

F2：折價券用不用無所謂，可是我還是想買咖哩帶回去。

M：是哦？那，不好意思，麻煩這個一起結帳。

請問這兩位總共要付多少錢？

1　3,600日圓

2　4,000日圓

3　4,500日圓

4　5,000日圓

【關鍵句】このお持ち帰りカレーがちょうど 1,000 円だから、これ買って 5,000 円にすれば、…。

今月が誕生日の人が…10 ％割引って、…。

! 攻略要點

到底要不要買咖哩？要用壽星優惠還是折價券？解題的重點就在於這兩項關鍵。

正確答案及說明

▶ 正確答案是選項 3 。兩人的餐費是 4,000 日圓，另外又買了 1,000 日圓的咖哩外帶，合計是 5,000 日圓。但由於男士是本月壽星，可以享有九折優惠。5,000 日圓的九折是 5,000 X 0.9 = 4,500（日圓）。

單字と文法

□ **クーポン（券）**【〈法〉coupon】 折價券、優惠券

□ **持ち帰り** 外帶、帶走

□ **結局** 到底、結果

□ **もともと** 本來、原來

□ **合計** 共計、合計、總計

□ **制限** 限制、限度、界限

□ **免許証** 許可證、執照

□ **申し遅れる** 沒有及早告訴

小知識

日本的消費稅自 2014 年 4 月 1 日起調高為 8 ％，但是本題的各項金額均包含消費稅。

男士說的「～買わなくてもいいじゃん（～不用特地買了啦）」句中的「じゃん」，其實是「ではないか（不是嗎）」的非正式口語用法。據說原先是方言，但現在日本全國各地均已廣泛使用，尤其是年輕人。

もんだい5　第2回　第❺題 答案跟解說

翻譯與題解

もんだい1

もんだい2

もんだい3

もんだい4

もんだい❺

家で男の人と女の人がテレビのニュースを見ています。

M：今月三日、レストランで食事をした3歳の男の子が、スープで舌を
やけどするという事故が起こりました。事故が起こったのはこちら
のレストランで、母親に連れられた3歳の男の子が、運ばれてきた
ばかりのお子様ランチのカップスープに口を付けたところ、口の周
りや舌をやけどしたということです。病院で検査した結果、幸いや
けどの程度は軽いということですが、男の子の母親は、子どもが飲
むのを分かっていながら、そんなに熱いスープを出した店側に責任
があるとして、治療代の支払いを求めています。一方、レストラン
の経営者は、スープを運んだ店員に確認したところ、テーブルに置
く際に「熱いのでお気をつけください」と注意をしたということな
ので、店側には責任はないと述べ、両者の言い分は平行線をたどっ
ています。

F：いくら「熱いから気をつけてください」って言ったといっても、お
子様ランチのスープなのにやけどするほど熱いのを出したのは、やっ
ぱり店の不注意だよね。

M：だとしても、せいぜいお見舞いするだけで十分だと思うな。店にも
少しは責任があるとしても、基本的には子どもを守るのは親の責任
なんだから、店はそれ以上する必要はないよ。

F：そうかな。アメリカなんかじゃこういう事故があったときは、たい
てい店の責任になってすごい金額のお金を払わされるっていうじゃ
ない？お見舞いだけじゃ足りないと思うけど…。

M：そりゃ、もし、店員がトレーをひっくり返して子どもにスープをか
けちゃったとかなら、治療代も払うべきだよ。でも、今回はやけど
も軽くてすぐ治るんでしょう？お見舞いして男の子にお菓子でもあ
げて、母親にサービス券かなんかあげればそれで十分なんじゃない？

【譯】

男士和女士在家裡收看電視新聞報導。

M：這個月3號，一個在餐廳用餐的3歲男孩發生了被熱湯燙傷舌頭的意外。該起意外發生在這家餐廳。由媽媽帶來用餐的3歲小男孩，端起餐廳剛送上的兒童餐的杯湯，才喝了一口，嘴巴周圍和舌頭立刻受到了燙傷。經過醫院檢查的結果，幸好只是輕微的燙傷。男孩的媽媽認為，既然餐廳明知這是要給兒童喝的湯，就不該送來滾燙的熱湯，因此錯在店家，要求店家必須支付醫療費。然而，餐廳的負責人問過送湯上桌的店員之後，確認店員把湯放在到桌上時，已經提醒過顧客「小心燙口」，因此責任不在店家。雙方各執一詞，目前仍然僵持不下。

F：就算說了「小心燙口」，但是兒童餐附湯的溫度居然在出餐時還會燙傷人，再怎麼說都是餐廳不夠小心呀。

M：就算如此，我覺得頂多去探望一下就夠了。即便店家有一點過錯，原則上照顧孩子仍是屬於父母的責任，所以店家不必再支付進一步的賠償啊。

F：是嗎？假如這件事發生在美國，聽說多半會被認定是餐廳的過錯，還得支付一大筆錢才行不是嗎？我覺得光是去探望還不夠吧…。

M：當然啦，假如是店員打翻托盤，把熱湯潑灑在小孩身上，自然應該支付醫藥費；可是這回說是燙傷，也只是輕傷而已，很快就能治好了呀？餐廳去探望時只要送給小男孩糖果餅乾，再送媽媽招待餐券之類的禮物，應該就足夠了吧？

問題1　請問這位男士認為餐廳應該怎麼做呢？

1　既沒必要支付醫療費，也沒必要去探望
2　雖然應當支付醫療費，但是沒必要去探望
3　雖然沒必要支付醫療費，但最好要去探望
4　必須支付醫療費，也應該去探望

問題2　請問這位女士認為餐廳應該怎麼做呢？

1　既沒必要支付醫療費，也沒必要去探望
2　雖然應當支付醫療費，但是沒必要去探望
3　雖然沒必要支付醫療費，但最好要去探望
4　必須支付醫療費，也應該去探望

解題關鍵と訣竅

【關鍵句】（1）お見舞いするだけで十分だと思うな。

店はそれ以上する必要はないよ。

店員がトレーをひっくり返して子どもにスープをかけちゃったとかなら、治療代も払うべきだよ。

（2）お見舞いだけじゃ足りないと思うけど…。

⚠ 攻略要點

　　會話中的兩位意見不相同。在聆聽時，必須掌握兩人分別有什麼樣的看法？是否說服了對方？從Ｎ２級開始，新加入「綜合理解」的題型。本題中的兩人從頭到尾只是反覆闡述各自的意見，算是比較單純的題目。

◉ 正確答案及說明 ◉

(1)

▶ 正確答案是選項３。男士提到「お見舞いするだけで十分だと思う」，因此他贊成要去探望。不過，從他說的這句話「店はそれ以上する必要はない」可以知道，他認為店家沒有責任支付進一步的賠償，也就是負擔醫藥費。此外，從「店員がトレーをひっくり返して子どもにスープをかけちゃったとかなら、治療代も払うべき」這段話也可以了解，他認為這次店員並未犯下那樣的過錯，所以不必支付醫藥費。

(2)

▶ 正確答案是選項４。女士說過「お見舞いだけじゃ足りないと思うけど」，可見得她認為除了去探望之外，還應該負擔醫藥費。

◉ 單字と文法 ◉

□ やけど 燒傷、燙傷

□ お子様ランチ 兒童餐

□ 幸い 幸好、幸虧、好在

□ 程度 程度、水準

□ として 作為…

□ 経営者 經營者、管理者

□ 平行 平行；並行

□ ひっくり返す 打翻、翻倒

□ （水などを）かける 潑、灑（水等）

□ サービス【service】（商店等）附帶贈品、優惠；服務

もんだい5 小専欄!

覚えがたい？　覚えられっこない？　でも、覚えざるを得ません。

【表示判斷、推測、可能性的句型】

□ **を〜とする**／把…視為…
- この会は卒業生の交流を目的としています。／這個會是為了促進畢業生的交流。

□ **ざるを得ない**／不得不…、只好…、被迫…
- 不景気でリストラを実施せざるを得ない。／由於不景氣，公司不得不裁員。

□ **よりほかない、よりほかはない**／除了…之外沒有…
- 君よりほかに頼める人がいない。／除了你以外，沒有其他人能夠拜託了。

□ **得る、得る**／可能、能、會
- そんなひどい状況は、想像し得ない。／那種慘狀，真叫人難以想像。

□ **かねない**／很可能…、也許會…
- 二股かけてたって？　森村なら、やりかねないな。／聽説他劈腿了？森村那個人，倒是挺有可能做這種事哦。

□ **っこない**／不可能…、決不…
- 彼はデートだから、残業しっこない。／他要去約會，所以根本不可能加班的！

□ **がたい**／難以…、很難…
- その条件はとても受け入れがたいです。／那個條件叫人難以接受。

□ **かねる**／難以…、不能…
- 患者は、ひどい痛みに耐えかねたのか、うめき声を上げた。／病患可能是無法忍受劇痛，發出了呻吟。

統合理解　問題5　第三回

問題5では、長めの話を聞きます。

1ばん、2ばん、3ばん、4ばん

問題用紙に何もいんさつされていません。まず話を聞いてください。それから、質問とせんたくしを聞いて、1から4の中から、最もよいものを一つ選んでください。

5-14　1ばん　【答案跟解説：263頁】　　答え：① ② ③ ④

- メモ -

5-15　2ばん　【答案跟解説：266頁】　　答え：① ② ③ ④

- メモ -

5-16　3ばん　【答案跟解説：269頁】　　答え：① ② ③ ④

- メモ -

模擬試験

もんだい
1

もんだい
2

もんだい
3

もんだい
4

もんだい
❺

- メモ -

5ばん

(5-12)

まず話を聞いてください。それから、二つの質問を聞いて、それぞれ問題用紙の1から4の中から、最もよいものを一つ選んでください。

質問1

1　0個

2　1個

3　2個

4　3個

質問2

1　川柳

2　回文

3　爆笑誤変換

4　二人とも投稿した部門はない

第五大題。聆聽一段長對話。第1、2、3、4題。答案卷上沒有印任何圖片和文字。請先聽完對話，再聽問題和選項，從選項1到4當中，選出最佳答案。

翻譯與題解

もんだい 1
もんだい 2
もんだい 3
もんだい 4
もんだい ❺

もんだい5　第3回　第①題 答案跟解說　(5-14)

家族3人が携帯電話について話しています。

M1：ねえ、お父さん、僕もそろそろスマホが欲しいよ。

M2：小学生にはスマホなんか必要ないだろう。お母さんは賛成なのか。

F ：私も賛成ってわけじゃないのよ。でも、今の子はみんな携帯で連絡し合うのが普通で、持ってない子は仲間はずれにされることもあるなんていうじゃない？

M2：友達と連絡を取り合うだけなら普通の携帯で十分だろう。

F ：でも、料金のプランによってはスマホのほうが普通の携帯よりも毎月の支払いが安くなることもあるから、どうせならスマホにしても…。

M2：それなら、ちゃんと決まりを作ってそれを守れるって約束できるならかまわないよ。1日何分以上は使わないとか、勝手にアプリをダウンロードしないとか。

F ：最近は子ども用に使用時間や機能を制限できるのもあるらしいわよ。

M1：ええっ。それじゃ面白くないよ。

M2：それで文句があるなら、スマホも携帯も駄目だ。

M1：分かったよ。それでいいよ。

両親はどうすることに決めましたか。

1 すでに普通の携帯電話を持っているので、スマートフォンは買わない
2 小学生には必要ないので、普通の携帯電話もスマートフォンも買わない
3 通話機能があれば十分なので、普通の携帯電話を買う
4 子ども用の制限をつけて、スマートフォンを買う

【譯】

一家三口在討論行動電話。

M1：爸爸，我跟你說，我也想要一支智慧型手機了啦。

M2：小學生不必用什麼智慧型手機吧？媽媽贊成嗎？

F ：我也不算是贊成啦。不過，現在的小孩都是用手機互相聯絡的，這已經很普遍了，沒有手機的小孩恐怕會遭到同學的排擠吧？

M2：如果只是和同學聯絡的話，傳統手機就夠用了吧？

F ：可是，依照不同的資費方案，比起傳統手機，智慧型手機每個月的費用有時反而來得便宜，既然如此不如買智慧型手機⋯。

M2：這樣的話，如果可以先講好規定，你也答應會遵守規定的話，那就沒問題囉。比如一天不能打超過幾分鐘，還有不可以隨便下載應用程式等等。

F ：最近好像有出一種兒童手機，可以設定使用的時間和功能限制喔。

M1：嗄，那樣就沒意思了啦！

M2：如果這樣還有意見的話，智慧型手機和傳統手機統統不准買！

M1：好啦，那樣就行了啦。

請問這對父母做了什麼樣的決定呢？

1 由於已經有傳統手機了，所以不買智慧型手機

2 由於小學生沒必要有手機，因此傳統手機或智慧型手機都不買

3 具有通話功能已經足夠了，所以只買傳統手機

4 買可設定限制的兒童用智慧型手機

解題關鍵と訣竅 -- 答案：4

【關鍵句】最近は子ども用に使用時間や機能を制限できるのもあるらしいわよ。
分かったよ。それでいいよ。

! 攻略要點

關於「スマートフォンを買うか、買わないか（要買智慧型手機，還是不買）」，在答案選項中只有選項4提到「買う（要買）」，所以應該很快就能選出正確答案了吧。

● 正確答案及說明 ●

▶ 正確答案是選項4。爸爸說「ちゃんと決まりを作ってそれを守れるって約束できるならかまわないよ」，媽媽接著說「子ども用に使用時間や機能を制限できるのもあるらしいわよ」，之後，爸爸接下來的這句話「それで文句があるなら」，也就是間接表示贊同購買具有功能限制的智慧型手機。

翻譯與題解

もんだい 1

もんだい 2

もんだい 3

もんだい 4

もんだい ❺

🔵 其餘錯誤選項分析 🔵

▸ 選項1　在這段對話中並沒有明確提到這個小學生是否已經擁有傳統手機了。無論如何，「スマートフォンは買わない」這個結論是錯的。

▸ 選項2　爸爸雖然提到「小学生にはスマホなんか必要ないだろ」，但至少爸媽對於傳統行動電話的必要性都沒有予以否定。

▸ 選項3　爸爸雖然說了「普通の携帯電話で十分だろう」，但並未做出因此要買傳統手機的結論。

🔵 單字と文法 🔵 --

□【動詞ます形】＋合う　互相…；一同…

□ 仲間（なかま）　同學；朋友、夥伴

□ 仲間（なかま）はずれ　排擠

□ プラン【plan】　計畫、方案

□ どうせなら　終歸、歸根到底；反正

□ 機能（きのう）　機能；功能；作用

🔵 說法百百種 🔵 --

▸ 家族間的對話

母親（ははおや）→子（こ）ども：あのねえ、あなたのテストのせいでしょ、お母（かあ）さんの頭（あたま）が痛（いた）いのは。
／母親對孩子說：這個孩子…媽媽之所以頭痛，都是被你的考試成績害的呀！

父親（ちちおや）→子（こ）ども：実（じつ）はお父（とう）さんの会社（かいしゃ）がなくなっちゃったもんだから、ママが頑張（がんば）ってんだよ。
／父親對孩子說：其實是因為爸爸的公司倒閉了，所以媽媽才這麼辛苦啊。

子（こ）ども→親（おや）：ね、お母（かあ）さん、今日（きょう）ね、電車（でんしゃ）の中（なか）で、おばあさんに席（せき）をゆずってあげたよ。
／孩子對父母親說：媽媽，我跟妳說喔，我今天啊，在電車裡把座位讓給一位老婆婆喔！

家族3人が食卓で話しています。

F ：これ、お隣にもらったんだけど、食べる？いなごのつくだ煮。奥さんが自分で煮たんだって。

M1：うわっ、何これ？虫じゃん。気持ち悪い。

M2：へえ、久しぶりだな。いただきます。うん、見た目を気にしなければ、けっこういけるよ。

M1：ほんと？じゃ、目をつぶってと…ほんとだ。でも、僕はもういいや。そんな、目つぶってまで虫を食べたいとは思わないや。

M2：そんなの思い込みだよ。ま、子どもの頃はお父さんも見た目が気持ち悪くて嫌だったんだけどね。うん、これ、酒のつまみに合いそうだね。

F ：ほんと、味がよく染み込んでて。今度お隣の奥さんに作り方教えてもらおうかしら。

M1：まさか、これからはこれをおやつにするなんて言わないよね。

F ：お母さんが子どもの頃は、学校の帰りに田んぼでいなごを取ってくると、おばあちゃんがつくだ煮にしてくれるのが楽しみだったのよ。でも、煮る前に、後ろ足の先を取らないといけなくて、それが嫌でね。

M1：ほんとだ、これもみんな取ってあるね。なんで？

F ：食べると喉に刺さるのよ。前の4本の足は食べても大丈夫なんだけど。

M2：へえ、それは知らなかった。あれ？お前、さっきからさんざん文句言いながらもよく食べてるじゃないか。

M1：だって、なんかこれって食べ始めると止まらなくなるんだよ。

いなごのつくだ煮をおいしいと思っている人は何人ですか。

1　0人
2　1人
3　2人
4　3人

翻譯與題解

もんだい
1

もんだい
2

もんだい
3

もんだい
4

もんだい
5

【譯】

一家三口在餐桌上交談。

F ：這是隔壁鄰居送來的，要吃嗎？醬漬蚱蜢。鄰居太太說是她自己煮的。

M1：哇，這啥啊？根本是昆蟲好不好！超噁心的！

M2：喔，好懷念啊，我來吃一個。嗯，看起來雖然有點不舒服，還挺好吃的喔。

M1：真的嗎？那，我把眼睛閉上好了，…真的耶！不過，我吃一個就夠啦。還得閉著眼睛吃蟲子咧，反正我又沒那麼想吃。

M2：那只是你的成見罷了。不過，爸爸小時候也因為這東西看起來很噁心，所以很討厭吃。嗯，這個好像挺適合當下酒菜的。

F ：真的耶，煮得好入味喔！下次是不是該請鄰居太太教我煮法呢？

M1：媽，妳該不會說以後都要拿這個當我的點心吧？

F ：媽媽小的時候，從放學回家的路上到田裡抓了蚱猛，就好期待拿給外婆煮成醬漬蚱蜢喔。不過，在熬煮之前，得先把後腳的下半部拔掉才行，我很討厭那個步驟。

M1：真的耶，這裡每一隻的後腳的下半部都被拔掉了耶！為什麼？

F ：因為吃進去會鯁到喉嚨呀。前面四隻腳吃進去倒是沒關係。

M2：是哦，我不曉得這一點。咦？你剛才不是嚷嚷了老半天，現在吃得可真不少啊。

M1：哎喲，這玩意好像越吃越停不下來耶！

請問有幾個人覺得醬漬蚱蜢好吃呢？

1 0人
2 1人
3 2人
4 3人

解題關鍵と訣竅 —— 答案：4

【關鍵句】けっこういけるよ。
ほんと、味がよく染み込んでて。
なんかこれって食べ始めると止まらなくなるんだよ。

! 攻略要點

對話中沒有任何一個人明確說出「おいしい（好吃）」這句話。請從其他對話中了解並拼湊出他們覺得味道如何。

▶ 正確答案是選項 4。由爸爸説「けっこういけるよ」、「酒のつまみに合いそうだね」，以及媽媽説「ほんと、味がよく染み込んで」，可以知道爸媽覺得很好吃。孩子則説了，味道雖然好吃，可是他不想吃蟲子。不過，由他這句「なんかこれって食べ始めると止まらなくなるんだよ」得知，他終究因為好吃而吃個不停。因此一家三口都覺得好吃。

● 單字と文法 ●

□ 食卓 飯桌、餐桌　　　　　　　　□ 染み込む 滲入

□ 食卓で話す 圍桌邊吃飯邊聊天　　□ 田んぼ 稲田

□ いける 很好、不錯；好吃、好喝（俗語）　□ さんざん 拼命地、徹底地

□ 思い込み 臆想、成見

● 說法百百種 ●

▶ 形容料理美味的說法

おいしさのあまり、つい食べ過ぎてしまいました。また太りますね。
／實在太好吃，結果不小心吃太多了。這下又要變胖嘍。

一度この味を知ってしまうと、もう他のラーメンは口にできませんね。
／只要嘗過一次，就再也不想吃其他拉麵了。

食べてしまうのがもったいないくらいの美味しさ。
／其美味的程度簡直讓人捨不得吃掉。

視覚にも味覚も大満足です。
／包括在視覺上和味覺上都讓人非常滿意。

● 小知識 ●

　　媽媽提到的「おばあちゃん（外婆）」並不是指自己的祖母，而是孩子的「おばあちゃん（外婆）」，也就是她自己的「お母さん（媽媽）」。日本家庭經常會依隨小孩的輩分來稱呼家人和親戚。如果有兩個以上的小孩，會跟著最小的孩子的輩分來稱呼。此外，父母的自稱或是稱呼配偶，也同樣普遍使用「お父さん（爸爸）」、「お母さん（媽媽）」、「パパ（爸爸）」、「ママ（媽媽）」。

翻譯與題解

もんだい1

もんだい2

もんだい3

もんだい4

もんだい❺

空港の航空会社のカウンターで男の人と女の人が話しています。

M：すみません。さっきアナウンスで16時発の大阪行きの便がエンジントラブルで欠航になったって聞いたんですが。予約してあったんですけど、どうすればいいんですか。

F：お客様にはご迷惑をおかけして大変申し訳ありません。他の便に変更していただくか、あるいは予約を取り消して、他の交通機関に変更していただくことになります。

M：何時の飛行機がありますか。

F：当社の便ですと、本日はこのあと18時と20時の便がありますが、どちらも満席ですので、明日の朝8時の便になってしまいます。

M：それじゃ、ホテルで1泊しないといけないじゃないですか。

F：申し訳ありません。ただ、領収書をお持ちいただければ、宿泊費は1万5000円までは当社が負担いたします。

M：他の航空会社の便にも変更できるんですか。

F：はい。大空航空の21時の便にまだ空席があるようでございます。こちらに変更なさいますか。

M：でも9時出発だと、向こうに着くのがかなり遅くなっちゃうな。それなら新幹線で行ったほうが早く着けそうだな。その場合の運賃は自分で払わなければいけないんですか。

F：いいえ、欠航になった分の航空料金をご返金の上、変更後の運賃のほうが高い場合はその差額の分もお支払いいたしますので、領収書をお持ちください。

M：そうですか。それじゃ、そうすることにします。

男の人はどうすることにしましたか。

1　ホテルで1泊して翌日同じ航空会社の飛行機で大阪に行く

2　他の航空会社の飛行機に変更して今日中に大阪に行く

3　飛行機の予約を取り消して、他の交通機関で今日中に大阪に行く

4　飛行機の予約を取り消して、大阪に行くのをやめる

【譯】

男士和女士在機場的航空公司櫃台交談。

M：不好意思。剛才聽到廣播，16點起飛的前往大阪的班機因為引擎故障而取消了航班。我原本預訂要搭那班飛機，現在該怎麼辦呢？

F：造成您的困擾，真的非常抱歉。您可以選擇改搭其他航班，或是取消機票改搭其他交通工具。

M：請問有幾點的飛機呢？

F：若是本公司的航班，今天接下來有18點和20點的班機，但是兩個班次都已經客滿了，因此要等到明天早上8點的那班才有座位。

M：這樣不就要在旅館住一晚才行了嗎？

F：非常抱歉。不過，只要您出示住宿收據，本公司會為您支付1萬5000日圓以內的住宿費。

M：也可以改搭其他航空公司的班機嗎？

F：可以的。目前大空航空21點的班機應該還有空位。請問要為您安排改搭那班飛機嗎？

M：可是假如9點才出發，到那邊的時候已經很晚了耶。這樣不如搭新幹線列車還比較快到。那樣的話，車票必須由自己負擔嗎？

F：不，不但取消航班的機票會退款給您，假如改搭其他交通工具的費用較高的話，也會由本公司補足差額，麻煩您再帶收據來辦理。

M：這樣啊。那，就這樣了。

請問這位男士決定怎麼做呢？

1　在旅館住一晚，隔天搭乘同一家航空公司的飛機前往大阪

2　改搭其他航空公司的飛機在今天之內前往大阪

3　取消飛機的訂位，改搭其他交通工具在今天之內前往大阪

4　取消飛機的訂位，不去大阪了

翻譯與題解

もんだい 1

もんだい 2

もんだい 3

もんだい 4

もんだい ❺

【解題關鍵と訣竅】--- 答案：3

【關鍵句】欠航になった分の航空料金をご返金の上、変更後の運賃のほうが高い
場合はその差額の分もお支払いいたしますので、…。

それじゃ、そうすることにします。

（！）攻略要點

　　採用諸如「そうすることにします（就這樣了）」這樣曖昧含糊的説法
來詢問具體內容，是聽力測驗常用的問答方式。

● 正確答案及説明 ●

▶ 正確答案是選項3。儘管「新幹線で行ったほうが早く着けそう」，但男
士還是擔心車票該由誰來支付。聽到職員告知「欠航になった分の航空料
金をご返金の上、変更後の運賃のほうが高い場合はその差額の分もお支
払いいたします」之後，就放心改搭新幹線列車前往大阪了。

● 單字と文法 ●--

□ 航空 航空

□ カウンター【counter】 櫃臺、收款處

□ エンジン【engine】 發動機、引擎

□ 取り消す 取消、作廢

□ 当〜 本…；這個

□ 返金 退款；還錢、還債

□ 上 不但…、而且…

空港の携帯電話レンタル店で、台湾人の女の人と店員が話しています。

F：すみません。携帯電話をレンタルしたいんですが。

M：ありがとうございます。プランAからプランDの四つからお選びいただけます。基本となるレンタル料金はどれも同じで、1日200円となっております。AからCまではクレジットカードでのお支払いのプランで、Dは現金でのお支払い専用のプランでございます。

F：カードでお願いします。

M：かしこまりました。では、続きましてプランAからCのご案内をさせていただきます。まず、プランAとBはどちらも国内電話と国際電話を両方ご利用可能で、プランCは国内電話のみご利用可能となっております。

F：AとBは何が違うんですか。

M：はい、通話料金の設定が異なりまして、プランAはかける国によって料金が異なるのに対して、プランBはどの国にかけても全て1分150円となっております。

F：プランAの場合、台湾だといくらになりますか。

M：台湾だと1分100円ですね。

F：じゃ、プランAのほうが得ですよね。

M：ただ、国内通話の料金もそれぞれ異なりまして、プランAが1分100円なのに対して、プランBのほうは1分80円ですので、国内におかけになる回数が多い場合はプランBのほうがお安くなるかもしれません。なおプランCは国内電話のみご利用可能ですが、料金は更にお得で1分60円となっております。

F：うーん、どうしようかな。台湾にかけるのはたぶん2、3回だけだから、国内通話の料金が安いほうがいいな…。でも、国内しかかけられないのも不便だから…。決めました。これにします。

翻譯與題解

もんだい

1

もんだい

2

もんだい

3

もんだい

4

もんだい

❺

<ruby>台湾人<rt>たいわんじん</rt></ruby>の<ruby>女<rt>おんな</rt></ruby>の<ruby>人<rt>ひと</rt></ruby>はどのプランにすることにしましたか。

1　プラン<ruby>A<rt>エー</rt></ruby>

2　プラン<ruby>B<rt>ビー</rt></ruby>

3　プラン<ruby>C<rt>シー</rt></ruby>

4　プラン<ruby>D<rt>ディー</rt></ruby>

【譯】

台灣女士和店員在機場的行動電話租賃店交談。

Ｆ：不好意思，我想要租手機。

Ｍ：感謝您的惠顧。現在有從Ａ到Ｄ的四種方案可以選擇。每個方案的基本租金一樣都是每天200日圓。Ａ到Ｃ方案可接受信用卡付款，Ｄ方案為現金付款。

Ｆ：我要用信用卡。

Ｍ：好的。那麼，接下來為您介紹Ａ到Ｃ方案的內容。首先Ａ方案和Ｂ方案同樣都可以撥打國內電話和國際電話，Ｃ方案只能撥打國內電話。

Ｆ：請問Ａ和Ｂ有什麼不一樣呢？

Ｍ：好的，這兩種方案的通話費率不同，Ａ方案是依照撥打的國家而計算不同的費率，Ｂ方案則是不論撥到任何國家，一律都是每分鐘150日圓。

Ｆ：如果是Ａ方案，打到台灣是多少錢呢？

Ｍ：台灣是每分鐘100日圓。

Ｆ：那，選Ａ方案比較划算吧。

Ｍ：不過，國內通話費率也都不一樣。相較於Ａ方案是每分鐘100日圓，Ｂ方案則是每分鐘80日圓，因此如果撥打的多數是國內電話，或許選擇Ｂ方案比較優惠。還有，Ｃ方案雖然只限撥打國內電話，但是費率更加優惠，每分鐘只要60日圓。

Ｆ：這樣哦，那該選哪一個呢？我大概只會打兩三通電話回台灣而已，所以選國內通話費率便宜的好像比較省錢哦⋯。可是，只能打國內電話恐怕不太方便⋯。決定了，就選這個。

請問這位台灣女士決定選擇哪一個方案呢？

1　Ａ方案

2　Ｂ方案

3　Ｃ方案

4　Ｄ方案

解 題 關 鍵 と 訣 竅 -- 答案：2

【關鍵句】台湾にかけるのはたぶん２、３回だけだから、国内通話の料金が安い
ほうがいいな…。

! 攻略要點

　　一聽到談話內容出現了金額就要立刻做筆記。重點是從女士的需求來分
析不同方案的優點和缺點。

● 正確答案及說明 ●

▶ 正確答案是選項２。當女士說出「カードでお願いします」的時候，就可
以刪除D方案了。由於女士有可能打電話回台灣，「国内しかかけられな
いのも不便」，因此C方案也不可能了。再來，從「台湾にかけるのはた
ぶん２、３回だけだから、国内電話の料金が安いほうがいい」這段話得
知，與其挑A方案，她選擇的是國內通話費率比較優惠的B方案。

● 單字と文法 ● ---

□ **支払い** 支付、付款　　　　　□ **異なる** 不同、不一樣

□ **現金** 現金、現款　　　　　　□ **回数** 次數

□ **のみ** 只、僅　　　　　　　　□ **お安い** 優惠、便宜

● 小知識 ● --

　　日本人一般將「D」讀作「ディー」，不過因人因地而異，有時也會讀作「デー」，
請留意。

女の人二人がラジオを聞いています。

M：この番組では、毎週皆さんからの投稿を募集しております。部門は川柳、回文、爆笑誤変換の三つです。川柳は、五・七・五の形式でユーモアのある内容を表現してください。回文は、前から読んでも後ろから読んでも同じになる文で、テーマは自由です。爆笑誤変換は、発音は同じでも意味が全く異なる言葉の組み合わせで、ワープロで偶然出てきたものだけでなく、創作したものでもけっこうです。放送でご紹介させていただいた方には、番組特製の記念品を差し上げます。投稿はメールで、お名前、おところ、お電話番号を明記の上、匿名がご希望の方はそのこともお書き添えください。ご応募お待ちしております。

F1：結城さんって自分のブログでよく面白いこと書いてるじゃない？たまにはこういうのにも投稿してみたら？

F2：実はね…毎週投稿してるんだ。

F1：えっ、全然知らなかった。放送で紹介されたこと、ある？

F2：あるよ。実はね、さっきの爆笑誤変換も私のなんだ。自分としては今週は川柳と回文のほうがうまくできたと思ってたんだけどね。あ、他の人には内緒にしてね。

F1：そうだったんだ。匿名だから全然気がつかなかった。実はね、私も投稿してるんだ。

F2：えっ、佐倉さんも？

F1：ときどきだけどね。さっきの川柳、あれって、実は私のなんだ。

F2：え、ほんと？でも、そしたら、すごい偶然だね。

F1：ほんと。でも、さっきの「誤変換」、すごく面白かったよ。私もたまに考えてるんだけど、他の二つは全然いいのが思いつかなくて、まだ投稿したことないんだ。

【譯】

兩位女士正在收聽廣播節目。

M：本節目每星期持續接受各位聽眾的投稿。投稿項目分為川柳、回文、白痴造句法等三種。川柳請以五・七・五的形式呈現出幽默的內容。回文是不管從前面順著讀，或是從後面倒著讀回去，都是有意義的文字段落，題材不拘。白痴造句法則是發音相同但意義完全不同的文字組合，不單是在文字處理機輸入文字時偶然發生的文字變換錯誤，個人的創作也可以。來稿一經採用，將會致贈本節目特製的紀念品。請以電子郵件投稿，並且載明大名、地址、電話，希望匿名者亦請備註。歡迎您來稿！

F1：結城小姐不是會在自己的部落格裡寫些有趣的事嗎？偶爾要不要試試投稿到這種廣播節目呢？

F2：老實說…我每星期都有投稿。

F1：嘎？我一點都不知道耶！曾經在節目中被讀出來嗎？

F2：有呀。其實，剛才那則白痴造句法也是我投稿的。我自己倒是覺得這星期投稿的川柳和回文寫得比較好呀。啊，這件事不要跟別人說喔。

F1：原來是這樣啊。因為是匿名，所以我完全沒有發現。老實說吧，事實上我也有投稿喔。

F2：嘎，佐倉小姐也投稿了？

F1：沒有很頻繁啦。剛才的那則川柳，其實是我寫的。

F2：啊，真的嗎？不過，這樣說起來，還真巧耶！

F1：就是說嘛。話說回來，剛剛那則「白痴造句法」真的好好笑喔！我偶爾也會想一想，可是其他兩種根本想不到好句子，所以還不曾投稿過呢。

問題1　請問今天的節目播出後，這兩位女士總共可以獲得幾個「節目特製紀念品」呢？

1	0個	2	1個
3	2個	4	3個

問題2　請問這次兩位女士同時投稿的項目是哪一項？

1	川柳	2	回文
3	白痴造句法	4	沒有兩人同時投稿的項目

翻譯與題解

もんだい
1

もんだい
2

もんだい
3

もんだい
4

もんだい
❺

解題關鍵と訣竅

【關鍵句】さっきの川柳、あれって、実は私のなんだ。
実はね、さっきの爆笑誤変換も私のなんだ。自分としては今週は川柳と回文のほうがうまくできたと思ってたんだけどね。

⚠ 攻略要點

　　想要正確作答本題，單是了解交談者個別的情形還不夠，尚須要彙整各種狀況之後才能找到正確答案。本題很具有「綜合理解」的出題特色。

◯ 正確答案及說明 ◯

(1)

▸ 正確答案是選項 3。「結城さん」的白痴造句法入選了，可以獲得一個贈品。雖然她還投稿了其他項目，但是沒有獲得採用。「佐倉さん」的川柳也入選了，可以獲得一個贈品。因此兩人總共會收到兩個贈品。

(2)

▸ 正確答案是選項 1。「結城さん」除了以「爆笑誤変換」獲得入選，還提到「自分としては今週は川柳と回文のほうがうまくできたと思ってた」，因此她三個項目統統都投稿了。「佐倉さん」則説「他の二つは全然いいのが思いつかなくて、まだ投稿したことない」，換言之，她這次投稿的項目只有川柳而已。也就是説，兩人同時投稿的項目是川柳。

◯ 單字と文法 ◯

□ **募集** 募集；招募
□ **形式** 形式；方式
□ **表現** 表現；表達
□ **組み合わせ** 組成；編組；組合

□ **偶然** 偶然
□ **創作** 創作、寫作
□ **特製** 特製

◯ 小知識 ◯

　　本題雖然出現了幾個難度頗高的單詞，但是沒有必要全部了解才能作答。川柳是一種日本詩，雖然和俳句同樣採用五·七·五的形式，但是不同於俳句必須包含季語（注：顯示特定季節的詞彙），川柳的特色在於充滿詼諧與諷刺的風格。

もんだい5 小専欄❗

以下には擬音語・擬態語も含まれています。

【表示狀態的副詞】

☐ **いっせいに**／一齊、同時
- ▶ いっせいに手を挙げる。／同時舉手。

☐ **ぎっしり**／緊密地、滿滿地
- ▶ 建物がぎっしり立ち並んでいる。／建築物鱗次櫛比。

☐ **しんと**／靜悄悄、鴉雀無聲（口語強調時會用「しいんと」）
- ▶ 図書館はしんと静まり返っていた。／圖書館裡一片靜寂。

☐ **ずらりと**／成排地
- ▶ コスプレイヤーがずらりと並んでいる。／角色扮演的人物排成一列。

☐ **ひとりでに**／自然而然地
- ▶ 電気がひとりでに消えた。／燈自己關了。

☐ **ぴったり**／緊密地
- ▶ 窓をぴったりしめる。／把窗戶關得密不透風。

☐ **めちゃくちゃ**／雜亂無章、亂七八糟
- ▶ 風で髪の毛がめちゃくちゃだ。／頭髮被風吹得亂七八糟。

単語や文法のほか、「言いさし表現」やイントネーションにも注意しましょう。

日語口語中，常出現較為曖昧的表現方式。想學會這種隱藏在話語背後的意思，最直接的方式就是透過聽力實戰演練來加強。接著，請聽光碟的對話及問題，選出正確答案。

(5-19) もんだい --

1 答え：① ②	**4** 答え：① ②	**7** 答え：① ②
2 答え：① ②	**5** 答え：① ②	
3 答え：① ②	**6** 答え：① ②	

(5-19) 問題與解答 --

1

A：警察官が麻薬で捕まったんだって。
B：警察官にだって、悪いのもいるさ。
Q：Ｂは、警察官が麻薬で捕まったことに驚きましたか。

1　はい。
2　いいえ。

A：聽説有警察因為持有毒品而遭到了逮捕。
B：就算是警察，也有些是不自愛的。

Q：請問B對於警察因持有毒品而遭到逮捕是否感到驚訝呢？
1　是。
2　不是。

(答案：**2**) --

終助詞的「さ」有各種用法，在這裡是表示自己從以前就有如此看法或判斷。

曖昧語特訓班

もんだい 1

もんだい 2

もんだい 3

もんだい 4

もんだい ❺

2

A：たまに帰ってくると、いっつも寝てばっかり！

B：いいじゃない、正月ぐらい、ゆっくり寝かせてよ。

Q：Bはよく帰ってきて寝ていますか。

1　はい。

2　いいえ。

A：久久才回來一趟，一回來老是呼呼大睡！

B：有什麼關係嘛，至少過年放假讓我睡個夠嘛！

Q：請問B經常回家睡覺嗎？

1　是。

2　不是。

（答案：2）---

雖然B回到家裡時總是在睡覺，但是他「たまに（偶爾）」才回家一趟。

3

A：もう、これで3回目じゃない。

B：ごめん、会議が長引いちゃって。

Q：Bはどうしましたか。

1　今日で遅刻するのは3回目です。

2　今日で会議が長引くのは3回目です。

A：真是的，已經是第三次這樣了耶！

B：對不起，開會超過時間了。

Q：請問B做了什麼事呢？

1　今天已經是第三次遲到了。

2　今天是第三次開會超過預計結束的時間了。

（答案：1）---

B是為了今天的會議開太久導致遲到而向A道歉。

曖昧語特訓班

もんだい
1

もんだい
2

もんだい
3

もんだい
4

もんだい
❺

4

A：お宅の会社では、新しい方法を始めたそうですね。

B：はい、でも、なかなか。

Q：Bは、新しい方法についてどう思っていますか。

1　うまくいっています。

2　うまくいっていません。

A：聽說貴公司已經開始採用新方法了吧？

B：是的，不過還不大順利。

Q：請問B對於新方法有什麼看法呢？

1　進展順利。

2　進展不順利。

答案：**2** --

「でも（可是）」是逆接詞，而「なかなか（不太容易）」後面接續的否定文字則被省略了。

5

A：きちんと片付けとけよ。

B：はいはい、片付ければいいんでしょ。

Q：Bは片付けることをどう思っていますか。

1　まかせておいてください。

2　気に入らないけれど、やります。

A：把這裡整理乾淨啦！

B：好好好，我整理總行了吧。

Q：請問B對於整理這件事有什麼感覺呢？

1　一切都包在我身上。

2　雖然不大喜歡，還是會去做。

答案：**2** --

假如只有「はいはい」這一句，根據語調的不同（好呀好呀／好好好），答案是1或2都有可能；不過從後面的「～んでしょ（う）」（…就行了吧）顯示出是在百般不願的情況下答應的。

6

A：そのくらい、健君にもできるでしょ。

B：健じゃろくなことにならないよ。

Q：Bは健君にやらせることをどう思っていますか。

1　やらせてもよい。

2　やらせない方がよい。

A：這麼一點小事，就連健君也能做得來吧。

B：交給阿健只會壞事啦！

Q：請問B對把事情交給健君做，有什麼看法呢？

1　交給他做也行。

2　最好不要交給他做。

答案：**2** ---

所謂「ろくなことにならない（沒什麼好事）」意思是「よい結果にならない（不會有好結果）」。

7

A：ステーキなんてやめようよ、高いから。

B：いいじゃないか、年に一度の誕生日なんだから。

Q：Bはステーキを食べることをどう思っていますか。

1　いつ食べてもよい。

2　たまには食べてもよい。

A：不要吃什麼牛排啦，很貴耶。

B：有什麼關係嘛，畢竟是一年只有一次的生日。

Q：請問B對於吃牛排這件事有什麼看法呢？

1　隨時想吃都可以。

2　偶爾吃一次也無妨。

答案：**2** ---

「～のだから／～んだから（因為…所以…、畢竟是…）」可用於表示理由。

MEMO

曖昧語特訓班

もんだい 1

もんだい 2

もんだい 3

もんだい 4

もんだい ❺

絕對學會！
用耳朵代替眼睛時代來了——
中高階用 日語聽力（25K+MP3）
五種特訓題型

【即學即用 17】

■ 發行人／林德勝

■ 著者／吉松由美、西村惠子、大山和佳子

■ 出版發行／山田社文化事業有限公司
　地址　臺北市大安區安和路一段112巷17號7樓
　電話　02-2755-7622　02-2755-7628
　傳真　02-2700-1887

■ 郵政劃撥／19867160號　大原文化事業有限公司

■ 總經銷／聯合發行股份有限公司
　地址　新北市新店區寶橋路235巷6弄6號2樓
　電話　02-2917-8022
　傳真　02-2915-6275

■ 印刷／上鎰數位科技印刷有限公司

■ 法律顧問／林長振法律事務所　林長振律師

■ 書+MP3／定價　新台幣 399 元

■ 初版／2021年 6 月

© ISBN : 978-986-246-616-2
2021, Shan Tian She Culture Co. , Ltd.

STS

山田社